雅众
elegance

智性阅读
诗意创造

乐园37号

诗集　陈陈相因

陈陈相因

——

著

上海三联书店

雅众文化 出品

目 录

i

后记

嬲与嫐 *ille*

她，作为一个主语

就出现，保护撷芳人不解的悔怨
在段落家庭内部出现，句号执空杯
投出月弧影的草戒，待红酒
出落猫狸，邀她相约环佩比翼

识她的生人如织，当她篡改定义
便蒇奏她兽盾的乳孔，并自以为亲密
女萝的双睛言轻，僧肉般可危华年
不自觉乞枝，婉约穿针必然的将死

若注定隐谢，何不将她作为主语一次
爱秋水应得的袖，恨短见如盲，而旧俗
太多遗孀无助。珍视她风情失手的蜡滴
有甚于每日真空中看似从容的飞行

（2021.3.8）

繁漪

紧闭在泛黄蝶翼内想象你
哀静之眉目，独入字里行间的深秋
太阳如行将就木的王朝，轻剪灯芯
流失满地金帛，逶迤恩赐的余晖
打赏苦闷者争先恐后的枯荣

着霜渥丹，你不会褶皱、萎缩
火色扶疏至天际，仿若一座
苏生的富岳，灰烬的肺腑乏术
冷气虚构的腰线如铁。欲力游弋
周公馆营造你的良机与艳遇

你开在仅有的末路，伤口般
醉观，陈述复炽的意志。湖心
倒映你稚嫩的译作，玻璃里
怎满满当当的狐狸？告诉我
你是如何把长命锁般的虚无
过成了绝世婚礼？

试图读懂你时，我是钩沉
你玄机的继子，害怕被看破
怠情的真实。渴望爱的空形
钻进你的狂风作茧。阔袖似
折伤的鹤翅，敷腕如一道圣旨
你是灾情，是让我狼狈的急雨

母亲，人与人之间失败的理解
像爱，像攀谈中偶发的调戏
我无法迎娶你，夜夜，桌前
呐喊的疯魂如萤火万点。旧中国
谁的面容有惭，谁就曾与你有染

（2020.10）

旅途读《流言》

走下灰硬、参差的骨扇。台阶上
行人思绪沉落，敲起摩斯电码般步音
伶俐身法严丝合缝，断续解散蜿蜒的黛
阵脚有若针脚，寂寂空绒刺踏夜的重裘
卧蚕楼上，数双暗房冲洗着众生相

被棉椅捧在掌心。车厢颤颤巍巍似
一只老妪之手，人人因易碎而自危
着口罩如衔白山茶。我靠里，居租界
怀抱旗袍装帧的陈本，透过巴洛克式
站牌般的题目，偷窥天才的闺闱

——唉，还是让她瞧见了我，那眼神
比蔑称还冷，仿佛我也没什么特别
也是俗世某次见怪不怪的虚荣失效
沙哑的枪管内衰草满员；她靡费词语时
纸篓般的学者（或贴墙跟进闲事的嫖客）

奉承着彼岸的神圣，惺惺仙人样
指点她提笔——"慢着，切莫为凡人着色
切莫福楼拜，切莫用镜子将月亮分两半"
但女子拗性，执业偏要执意，笔画繁缛的
宋体端庄，作了花窗，亦作了车窗

大抵是深情的拯救吧。隧道捻灭眷侣的时刻
青蛇般的电车暗中摸索被镇压的姐妹
抱裹彼此的书中世内，牵连出水痕般
隐约的傀儡戏：男男女女，杯弓蛇影
晕倒在樱桃腥红的山巅

（2020.10，张爱玲百年诞辰）

失水鱼

迈新鲜的着陆尾，从马路一岸游到
另一，耳机中电子琴音，如挠耳蜘蛛脚
之一，穿进她1这枚针眼。路人匕首般
行刺晚风，死于乱发割喉，霓虹呼吸如
攻击。槐花喁喁私语，匿鸟旋开铁扇
边踩边转入树梯，楼让位于楼

耸脑袋如野象丧气之灰鼻，履行从
女伴处习得的喷灌技术。她1未摸索到
意外之甜，身薄成吮吻夜的磁镰刀
羞恼地于街打铁，淬冷焰。白桃花紫得
惊心，她1感到自己在悲伤地后退

回到情人的母壳，听她2打探自己的病情
"春天是订约的季节，我想用舌与你拉钩。"
随后软暖手术台上，她2拆礼物般打开她1
在精密的格子床单上填空，摆放
柔臂齐尺，疏松之律张弛如提琴弓

缘足解散自身天然的暴力，诞下声息

问号蜷缩，她1伸出两支答题铅笔

透过一片瘦西柚帷幕交换彼此，并互为

冗余，细指轻触尚悬一问，变为折损的

塔尖。她1为数不多的心跳，令她2无法

收下她1（第二声部：令她无法领略她），只好

立正于微颤的清晨：吻她1、2，像深入镜中

卷走海面最轻柔的浪芯

（2019.4）

纽扣吟

"让我们一边拥吻，一边聆听衬衫上
　　　　　　纽扣们的窃窃私语……"

彩劣币，蹲在高些靛色领岸上
野餐。静物剪切自己，做匀速

镜像体操，缝上琴谱屏风或空花墙
泪化石纹折枝，作为旁观者出席

相爱，身体是一粒小于漩涡的
眼睛，如同浪朵那海的齿轮

她不能镂空，因吻也是划痕
他省略号的修饰关节里肌肤谢客

片状元音，扎实的功力令手指的
踮步触礁，扁糖果险些开蜜嗓

翠绕枕，珠围城。别致对视似

套圈游戏，裙衫瀑布展开赛道

卸掉衣物的按键，拥抱近乎磁力
枪响镶嵌进心脏，玛瑙小盆笑道

"玻璃骨头呐，开襟如锯
月亮也是结缨而死的孔。"

她涸开花园种满手风琴声的夜
他折叠成一枚发薄的斗兽场

（2019.9）

合奏哑谜

午后南迁，鸽子从白墙飞出
几座悬崖临行，虬枝佝偻
点滴，泉眼继续囫囵。龟甲
自裁墟上，枯藤是书写的触角
你阻止锁骨起飞，袒露玉的肉
我经历满山的流徙。那时
江河分开，我们相爱

可以收获你么？趁假象还未凋零
呼噜指挥兴奋的晨昏，神经还是
走私拥抱的刺树。鹿加冕以崎岖的爱
我们就已然涉险。乌鸟换下你眉目
耳垂就结出枣子。你的身世是马
我们，是芳草穷追芳草

再等等，等我们推开门去，经过
秋海棠的火场。听屋檐那情痴饮下
句句冷雨，寒彻倾倒窈窕的霞

我会因俗务沉默，而你将执手于雾

说着光阴到底哪里可惜

（2018.9）

晚冬之约

三月空气似沉湖，日落微凉的雾
浸泡耳鼻至莓色，望向故地
游移的余冰，正孵化首批春岸的唇
最是一瞥漆黑双数，是残鸦蛮横？
还是瞳仁涩疼？等他时，被裘袄
团团围住，从最后一片雪的后视镜
窥到窄的天明

见他，泼完粉面，就要扯白旗受降
暗恨美中不足，口齿未得香水持家
编不通招蜂引蝶的胡话，只好卸下动作
待他肺尖通融莽夫的热血，理解我
那样穿上我。骑客的革履不会游园不值
他的傲形堪比困气，仿照火高温的泪痕
誓以盘道体态吃透一张薄纸

是他令我存在，同时尴尬地时有时无
对自己无凭，对自己省略，对自己避而不谈

他是枕，走过来便是舟，让我苦绪

收歇又荡起，悬空之情像剪刀刺痛的柳莺

他一说给我爱，不爱的实感

就在遍体的旧伤支起渴盼的盛宴，以及

一位持续消融的过客，发条的寸步不停

（2021.3）

海马先生

亲爱的，人女与生俱来的艰难
为你求孕的真情化解。我们之中
力强的一方，竟自觉揽下男母全责

卵生分工优越了胎生，搁浅下雌性
大海自成全母体。你汗蓝，眸湿漉漉
卷曲尾勾住珊瑚，心路却卓绝

人类未必要怀恨地灭亡，有效生育
亦可以是替换。棱角腹囊，一只戏法抽屉
正准备以新代旧，用良善没收秽迹

将现世的男女收入其中，文雅父爱
教他们重新出生一遍。儿女从此彬彬有礼
摇动着性弱，仿深深处从容的藻荇

小绅士，小淑女，每一只都杜绝了
压向对方的声浪。即使已如海底强弓

也从未想过对差异貌支起暗箭

唯有此，爱，才接续意义。我们脱下
生理的本质，涌进对方之躯，保持长吻的嘴型
日月，岛屿，也为公平的交换放低姿态

生死因而统一，海中遐想的未来开始
覆盖陆上时间。世界躺回平衡它的水
沿着万类的异性，长回抚育爱的共通

（2023.9）

辑二

婉约拟态

劝词

要躲，要躲就躲光阴的连环计
趁肉身不死，流连金银、风物和才调
看宵小，廉耻也忘，刑律也忘，处处告状

你我无人系生存学诸葛，在臭太阳
火的铜镜底，挨逼问，挨消磨，挨宽恕
似穷秋命悬一线的黄叶，风鬼神未卜的虚席

愚鲁的师姐妹，好点文章与学问
孟家屯面对面说学逗唱，守着万古的纸间愁
古籍里淘弄老知己，侃点明清社稷

我们可要，目光锐利，避燕尾般暗箭
做山河南北，怀瑾握瑜的状元女
杀回马枪，捧月琴弹蝴蝶美背之奥秘

莫自伤与自洽，就冷静些，机智些
敢为献血的枫，紧紧依偎、待春归的枫

临水照花的胭脂林，玄关淌出艳的牡丹江

（2020.6，赠方瑾）

钟情记

拐道仙洞装修，料理料理新衣
倜傥的自信，情网恢恢，便被爱目击
途经我，就被孽缘犒劳后悬赏

比美总是重围，深春园一座旺铺
布满了媒人伴佳期，花枝纺线
穿翠又为小蝶仙的秧歌儿点睛

你是其间调香的走兽，乌发妙笔
缝纫结彩楼，腰肢剪眼窝与金山
汝瓷身缓步，摇动湖浪星迸的蕾丝

刁钻唇，独秀的狱门，指点什么独具？
我必不是你的淡饭，你的画眉郎
帮不了你瘦身。宁为你失了一双

无缺慧眼，赞助这万籁蹒跚视听
你生是万物的娇妻，我不能总是

拒绝你，来自舞，却往火中去

（2020.9，赠昀璐）

怨女

我本是孤山上一枝暗恼的
畸梅，眉寿无伤却抱了醉乡
郎君听我环佩音
玲琅与玎珰，素手这样凉

我有泉潺湲，玉箸流襟，白盐
尽泣，嘤嘤盼心心。皓月腕阑
诗衣钵，樱桃裸体滴水晶

郎君身开群玉府，应为玉人
玉山倾。侬似谢塘印池星
松坞石棱隙，修廊绕旖旎

奴似喜虫冐火萤，危花恨痴雨
断霓骑云弋。不如携手同归去
芳歇随意，靳惜须臾

万象中攒恩爱小事，勤练珠胎

春物骀荡思畴昔，锱铢较量

与天气。原来少女千愁色

从今结发同枕席

（2020.3）

椰树

他常在失群时开屏，垂下几束
流苏袖，端起风来，碧穗疏落
脱臼貌。小立散坠绿，硬篦子
筛流光，软鱼骨舞干，有如
无眠的羽葆花旌或可人毽儿

因已无君王闲坐，瘦金体似的叶
便旋开了奏章。他亲手织就的
弄妆彤云，娟娟月光和碎银般的
落难星子，伴着足下的绰约之水
来回。迁客是不宜梦鸟的。若
山有棱，他则多想一日海誓

绍圣四年，有位逐臣远道而来
岛岸上春睡的毛笔虚步避白浪
惺忪中生了花。远岚掩映翠翘间
珠崖的生死梦中，诗人砸开
博喻力的蟹，天空顷刻长满孔雀

（2020.3）

鸸妃

似蒸汽制造新烟云，宋体实情
落纸含糊其辞。殿上，无人比他
熟习赛博格，逐行调试
时文蔓语的宏，偏袒那颂歌

杏雨里，姐姐餐爱长大，不像我
渐失完整的人体。难安的卑中耻
替换爱，输入趋承的指令去竞色
高位者旋紧桃餍，遥控我的声带

瑞炉整年投影全息火，良言
无法拨雪而来，融化一丝真实。他言道，
"容儿，我温顺的仿生鸟"，涂满
精油的手登录粉玻璃胃，启动春药的愚忠

穿过楼阙血的代码，无人识别出
权力生龙活虎的脸。大难不死的他
为我插上删查走姿的步摇

用逾越后掌掴般的疼，警告意志点到为止

（2022.5）

蝴蝶兰

勾引是咄嗟间的僭越。她伸出
狭路般的花梗，纤条绿染轻绕我肩
慢吹浮香入我窃玉之耳

芳屏祝愿团栾意，娇扇缀合琵琶袖
酒迟的舞蝶探待吻的唇，舌蕊卷作
葳蕤锁

她是弯腰的一眉月，偷听，偷窥
也偷心。是支翡翠翼闲钓的奴婢
是我半生半死中的弄琴与无心

是清媚明霞脸，叫我屑骨与断念
婀娜的鞭刑。是遁迹的宛转荒腔
是高敞帘栊外，入词的雀啼衬字

她是我爱而不得的女儿，凄凄
晚梦中的万岁，万岁，万万岁

我也可转身环她，赏她

淡仁洗砚吟恋苦，玉尖搦管
手翩翩。在我腌臜身畔，为我
永远停留，却也永远想飞

（2020.3）

冻雨中的后主

这胶柱垂乳的废苑，像一座
珊瑚帝国。珠树曼妙的舞姿
刚行至前奏，就锁定在琉璃
我的爱妃被羁押在一首羽衣曲
肌肤趋近透明，而我皓首穷经

群魔穿梭雪肋间砌宝珞，入眼
尽是颓迹。初冬的须发，如夭折的银弧
悬止在低空，石化之绝伦，之圆满
倘若来的是美杜莎，泪涟涟标本的
明视内，掉脑袋的就是她

夜雪劈裂街道两旁操戈的禁军
江湖粉碎，瑶池上充斥白色恐怖
微物惶惶，昏雀家破，流猫死丧
停格的落泉接管小区屋檐，封印
一捧殷红，又零售草木的琥珀

连我也成了被驱赶的瑟缩平民

闭孤城，退进窗的青面獠牙后

失职的君王浴室里驾雾附仙籍

等待长生，等待他日有幸驱遣麒麟

獠牙、獠牙、水晶般迅闪的冰凌

告诉春天，如果他要快马加鞭

我愿退位让贤，回到冰封的故国

到玉烛中，找我妙人寒心的造像

如果有人要摧毁我，告诉他，尽管来

无论如何，我将高歌，疮痍也快活

（2020.11，自画）

近乡

应是块玉玺压来，昭昭草野骤暗
跳响接龙敲我右窗。高速旁，五年倏忽过
烟鬼善夜游，书袋伴酒囊。云手研墨
偏废夏雷震耳，裁断两片近视眉眼的神差
透明蝌蚪追尾，飞泪般寻母

是天含啼，还是我隐情亦湿哭？
哭伯乐少且迟，哭南墙不改，四面皆穷途
执意以我擅长燕语的血勤作息、荐轩辕
哭昆仑费解，要我篱下螳臂独斗
讥中闯，黑心里招摇，九稳事难拿

远途为暴雨泄洪，温柔恨
渐漫过年少目的地，淹没回头路
以后峭壁，苦走祈清景。以后瑞雪
乡音越过新时门，随生疏欢迎光临
荡化暮晚扑面的橘红妆

未然与果敢激昂的摇摆性回到我

黑高跟如尖喙的身影，狼狈持伞

在太阳洗亮的破铜下，等待光爱意般重转

顺时的青年恩，逆时的难将至

照开黄种女人坚韧受拘的皮筋命

（2021.6，离长春中作）

父仙

"父皇，且樂生前一杯酒"

他经常喝得烂醉如泥，老脸提着
厚软的眼袋，如一尊望月金蟾
需我双手将他捏好，放回
呼兰河畔。夜云挥鳍，递入
他亮眸的玉盘，待春在脸上
吐出起伏的玫瑰糠疹。我从
他有孕的下巴后掏出过婴儿肥

那窝藏的，用来和岁月私奔的
干粮。拽出鹰钩鼻又捏紧，消除
他能飞的特质，严禁空投诗
　　　　　　　　　　意
无视他发怒的内双呕哑。婚后，
他矮小白净的身体疯狂发胖。母亲
和我都很小心，害怕他会化蝶飞走

坊间下

　　酒可嚼的传言，讲他过着

一种迁谪生活。离家时，我常常

推理他的现状：少言多诗，持笔游侠，

即兴矜伐。意绪远游，身却无动于衷

本职史官，喜种绿萝满楼梯，客厅

屠宰西蓝花，上街取西瓜的首级

　　"嗯？你方才説無妨，且樂生前一輩子酒？"

古时，他抢过因瘦获冷的妃，学

圣旨语气命令女儿为他脱靴，押入

四壁

平庸的天牢。我对着他的步伐

许愿。看他钟鼓馔玉摸空银票，斗酒

百篇倒泻发臭高论。择丽侑酒，苦于

母亲在场，只好剔牙三思。手持斩愁刀

对战厕所漏水管道，其时走马百代

金龟断货。众毛飞骨与否？他

得志与否？均是悬案。重塑他时，我听见

他在请求一首诗，试着问我的技艺

能否描绘出我们。我们？他于诸神死亡的九月

取回的明月奴，仿照二十岁的

他，至今从未弃去骑鲸的逸乐

（2019.6）

菊戏

你不应为我这偏僻的芳店点灯
我乃焰的藏身，火在肉瓣夹层里烧
譬如那山鹧叨叨。呆石子一盏、一盏
分那冷泉，遗我宴歌的送行礼
"一愿世清平，二愿拂君衣，三愿
管沁沁，肝脑又涂地。"梁上过夜的星子
似夜的眉心痣。月亮那烙铁迸浆，烤得
我薰薰心慌，烫…烫…烫…瓦霜添乱
新折了芭蕉，她甩下一巴掌秋雨
湿娇额，打蔫我满头的笑钱

你这系了萸囊，脚步轻的思乡客
将来取我性命吗？你手中的古剑
可要挑起我低枝的龙鳞吗？这近乎
赐死的深情，悉听尊便啦。我不过
融融冶冶的光袍款式，不聊生的
烟花贱妾，爱不足惜啦。扶你凄清如
云物的袖，我便不忍乱抱甜丝丝的

鸡蛋黄，化了，化了。情愿篱落
扎紧一束灿水含英咀华，恨蝶失约
扮哑巴，反悔美人栗留发

我这浑身疼的残阳呀，为你春酒泛了
璧色，不噙香了呀。不如做你饮吻的
金鹦鹉，肴饵狼藉，满身玉钗都趿拉
夕餐秋菊呀，收入药肆啦，莫要生分嘛
且慢簪我呀，凶秽消散啦，吉祥如意嘛
你这爱的世外高人，要将我斩首示众的话
且快刀啦，我已为你卸下一生的黄金软甲

（2020.4）

雪国断代史 *Snowdome*

二十一世纪浮士德饮鸩之前

他将课椅上的自己轻拿轻放。垂头时
细长的颈是铰链，手臂门闩一般耷拉
他的身体是上锁的军械库，刀锋恶毒
的冷光切割每块溺爱递来的点心。他

知道体内匕首的刺痛亦是镌刻的艺术
刀枪剑戟的悲响让他沉迷于钻研流绪
所以他不曾拒绝将郁金香否认，也不
曾拒绝博学的囚禁。他曾与黑暗为伍

也留门给过月光，组装与抑郁的搏杀
这是他诊断自己患有矛盾的另一个夜
他欣赏过失控的谎言，收留过落难的
爱情，有密密麻麻的伤口长在他心底

如窗边消化幽景的交缠蔷薇那样择食
他知道自己是北风忌惮的崖壁，需要
英勇地扶起那僵直的雪松，用吝啬的

眼泪灌溉憔悴的旅途，站进那刻薄的

知识之阵，脱掉理想的锦袍，裸身去
跪地乞讨身份、命名等所有可以证明
痕迹的过程，和渊薮赤手空拳地决斗
他必须忘掉不朽的宏愿，安静地耕织

火焰。他必须徒手掐死困惑，独自在
深渊里起舞如星尘。遍历每个终点的
可能，在幻灭的想象里完成梦的复生
一汪深夜之中，他缓缓抬起头，未来
正如蜜酒下成的雨，捎来戒躁的讯息

（2018.12）

烟囱

城市向夕阳输送源源不断的橙血
世纪老人久病无医的肺痨，一声冗叹
勾起雾帧的鹤发飘飘。他因不竭的地火
中暑，岩浆漫灌煤黝黑皮肤的五官
炭粗藕般凌乱，摆放狼藉的巨石阵

是谁驾驶着无边的荒原？雪国北
像一艘春末邮轮，倦于通勤的青年天使
携简洁的理想潜逃，烧得足够久
就走得足够远。前辈出生先于我早年
灰砖缝制硬褴褛，披甲给竖起的象鼻

阔物正以生命的方式检索众生，神像
鸠形鹄面，而我们正细心照看棋盘
微弱的声响，关心眼中锐减的星系
我们感到同一幅度的煎熬，像巴比塔
与天鹅堡的想象，在烟囱的真实前堕落

是谁驾驶着无边的荒原？意义之手

操纵我驱动井底，捏造思想的钢筋

诸事张狂的号角重复呼啸，是

陈旧的地理重提我，欠缺骄傲的数根骨头

均是十字形厌食的每分每秒

（2021.4）

放风筝在开阔地

高处的视觉逐渐清晰，当我的眼睛
慢慢起飞，触到蔚蓝的棚顶。天空伸出手
垂钓我，抛下结实的轮胎绳，像世界
严厉的佣仆，通过一场拔河接我回家

也许鸟类在人类出现前，选中我们
作为它们陆地的替身，道路穿越
大气层将我确认，把一生的长度
与它的有限和剧痛递到我手中

我余线不多的风筝，使我想起
发明飞机失败的人，他们不懈争取智力
以图尽早还乡。毫无着落的双腿
受刑般挣扎，像半面旗帜踉踉跄跄

撞色的燕子、蜻蜓和金鱼，倒置
穿碧与大陆，天际一隙变成两栖动物园
站定的土地坚硬，霎时像铺开的围墙

我们所在的谷底是另一个天空的深处

线，不曾放弃对受难者施法的搜救队

狠狠包缠我手指，我如竹的皮包骨

开始为自己向上攀爬，向上就是向内

漩涡始终真实，那狂风将我抽筋拔骨

直至塑成对岸新生的、坚不可摧的真鸟

（2021.5）

熄灭纪念日

巧克力里尝到尼古丁，温柔的蜜意
却使她呛灰，仿佛丘比特伙同炸药降临
皮带对唇釉的制裁，不存在弱小的神圣
男人在家留下了危险。自从他离开，
曾经的谩骂声开始在墙壁跑动
随时冲出酷吏，抓着她前往家具的锐角
吊灯在水果脸上生产无数刀锋
空抽屉像桩掏心掏肺后的惨案
这个春天没有虫草，痕迹在残忍地示威
新采的野花一拳打向无辜的桌子

一切很难不让她联想到遮蔽
暗无天日的一切，令人眩晕的闷棍
日头连串的叮当锤……每每拾完御寒柴火
呼吸几口湛蓝空气，又被狠狠拖下去吃冷水
多年来，危险关系总在反复，像一块
被菜刀威胁的磁石：结婚、离婚、复婚、再离婚
儿子是贴在刀背的筹码，是最好的那块肉

她是最坏的，他不允许「好」和她有关

最亲近的武力，谎称以爱，尽情滋事
树立沉默为家法的体统。训诫本身是秘密
隐私让每道门、每扇窗犯上见死不救之罪
采药时，她也想一辈子不下山，留在太阳里
羌活一样自在，不涉足猛兽的私人领地
但是逃不掉的，比如她无法背起父亲逃跑
只能让棉被生吞，让鞋咬住脚
入夜，满背新晋的明星大红大紫，蚀骨般流行
原来爱与信任，一个意味着控制
一个意味着疼痛不止

旧电视播放某场凌汛爆炸
投出的冰粒，窥伺者白眼珠般，滚落在卧室
观看被践踏、被欺凌、被动的圣母
手机常常是长方形的眼睛，她始终是
被展览者、被点评者，被掠夺的宾语
拥有的礼物全是虚拟，拥抱全是失语的囚禁
即使花面哭成蛇的皮膜，疤痕硕果累累
也要不断分娩息事的饶恕，哪怕
在标题里不自主地死

像七月，无数冰一样死去的女人

可今天略有不同，她感到救赎正在赶来
自己在缓缓撤离这间是非之地
感到自己和无休无止的辛苦作别
感到自己枯萎、焦黑，伤口内有棉花在烧
意念从炼狱的僵局中撕下
洁净的肉身却在挂镜永留
也许女人天生是手握珍珠的瓷器
怀着寒心，为菌子般渺小的希望坚持
终于，终于，在这一天，她得知了贞德
那背叛她的母国，名叫丈夫的凶手
一小时前，拎着汽油回家，重申了火的真实

（2020.9.30）

生肉

肉齿轮今年二十三，只爱点头
不爱说话。机器的斯德哥尔摩情伴
边输液边献血。我已决意
不再口含铁钩纯真舞，明示
偷懒的白脑筋，自珍无用的花脂肪

屠夫套进皮围裙，遨游梦抵押给黑靴
手上刀锋转得快，像《堂吉诃德》
遗留人间的风车。快呀，快呀
庖丁般的雨、雨、雨剥落街尾巴上的秋
行道树，片羽四落的金丝雀，叫声
使我悼念灌注在学位证活生生的兽心

没有美名，却极有可能成为英雄
意气风发的我们，早先是绿野追风的活牛马
甘做动物，不事理论，发丝网住侧颜
看向对方如壮士盲信一粒茧的将破
爱声高过绝对正确："一定洁白到底

不然以生谢罪!"雪的品质总是兑换失败

灯口赐予我们明智,又管辖我们太阳
我们健身,我们心跳,其力不比爆破唱
祖国鲜心脏,法则羞辱我们裸睡,双双卧倒
在案板上。那些亮,正骑着我们空虚的四肢
跑遍他乡的马路,以为能完胜公共的春光

(2022.1)

美意长草

江畔步道，裂缝日增过万，暴露
隐秘殖民问题：灵长目铺就无拘的过程
本是一册囚绿史。新厦攀高，公路跑远
挽腰散步桁架桥，季风气候集合宜人孤愁

亦是傲慢的判决，港口自私
侵犯鲜美滩涂。野生植物最先知晓
城市残忍的层叠，钟声公开催熟紫薇花
笨重砖块，一分分占领青草头顶的南方蓝

当快忘了鞋，忘了笑语，二手雨水
奏奇效。光劳工日出而作，透明手套
迎探韧性幸运儿。涨绿优容曲线
代替禁足者穿过暗，补缀荒凉的创痕

可以……归来吗？不敢学人精致地野蛮
悄问静默封锁的地上之界，悲怜
囚绿与囚人的互换。痊愈，应与饱含美意的

自由同义，可自由，生来是

一次勇气可嘉的示范，一次千夫所指的诘责

（2022.5，给 nga thae）

纸盒里的天鹅

这是压缩。喜静的春神气，折叠你
善舞的肢体，收容进纸盒，人形天使
显露天鹅兽相。像颗裂开的天真之心
你羽翼，一双自由活化石挂上墙壁
还能飞去何方？黄金的日子泡在王水进行曲

这是刑罚。和你一样饕餮的纸盒
咀嚼无法还乡的饭盒，大盒子吞下小盒子
像外面也在大鱼吃小鱼。患有多语症的天鹅
宿在纯净水边，化身将就的食谱发明家
橙汁兑奶啤，豆浆兑咖啡，后知后觉食物痴狂
何物你无法消化？声音，还是声音

天鹅只能听，受缚的力量正年轻。抚摸
纸盒的内壁，那和你一样的怪兽
和你胃一样的怪兽，表面肃静，却持续收音：
呼救声、谩骂声、呜咽声、甚至回声
荒诞我市悲喜剧交加，潜台词摧肝断肠

当都会饥饿，你同最饿者饿。当都会哭嚎
你不忍有人独哭，滋养乏力的精神软病

果腹手术将你全麻，借邻居的明智继续听
她担心地计划经济，像善解人意的星期五
教你原谅贪婪的耶胡，教你把五平米暖色地砖
想象成披萨，或飞离四层楼的魔毯。她说，
我们的游记还是可以，通过望远镜
可以看见其他孤岛正在发放库尔勒香梨

这是禁闭。律令的裁纸刀划开有限天空
纸盒变抽屉，变阳台。我们看猫，眼睛吃它
三花是威化，橘猫是肉松。我们看树，眼睛吃它
枝条上结鲜菠菜。我们看花，白色的长盐
红色的长辣。可是，除了声音
还有无声——我们运动拖鞋里的脚蹼渴望
回归原来的激滟领地，晾晒伞柄般清凉的长颈

还有不容置疑，在反悔中抽打自己的声音——
一切都会好，惨死的杜鹃花旁，警戒线不会撤离
一切都会好，黑鸟访客服装天生，并不为了默哀
一切都会好，情人从未在异地的移动设备相失

一切都会好，毕业礼与生日明年同一时间，挚友已远行

一切都会好，纵使期待夭折，欢笑可疑，断言苟延

一切都会好，掩埋的只有四月尝过血的舌头

一切都会好，记忆的弹痕，初恋般刻骨铭心

这是清理。昨日世界，空荡荡的一室一厅，不比电话亭

独居此处的天鹅，努力长寿的天鹅，至今下落不明

（2022.5，上海）

后遗症

赦免日，来往于阴历与阳历之间
鼻喉的属性也是，十五分钟现身的红
节拍器摆杆控制启程与停摆
截至目前，上个变成乖顺绵羊的我
还在胸膛轰鸣。她正骑自行车冲向机场
皮箱塞满患难中萌生的友爱，假装只小电瓶
放在车筐，补给过了保质期的身体
收风筝线一样骑，像琴声想活过小提琴家
火速穿越闹饥荒的空城，掉落
许多年轻期盼。路人见她快成一朵
没手没脚的云，从低地奔向高纬的家乡小床
在天空的记忆当中，云是一段又一段的空白
引诱我们继续生存的白色调料
"口腔喜甜，糖只在盐的间隔"
她在我大一码的皮囊，闷声说气愤的胡话
从上个我逃回常态我，通知下发
精灵耳朵的卡夫卡，冲进圈养她的房间
把签字笔当成变形的魔杖挥舞

卧室门虚掩，宣告打开的还有关闭的叮能

我躺着却拼命跑，甩掉一扇扇出口

惊险的闯关，选忘掉，选记得，都不是放生

（2022.6.1）

廿五岁，我的她画像

可她的数码画像，竟塞满我的手机相册
速度起来，页页生动恋世的怪可爱
此颜岂乃我人裳？她替我试过这件不合身

今她，我创造的弱形式其一。时年未满廿五岁
杵成坚韧的武替，在晴阴之隙奔课业
路上复发讽今戏言。我探听她玩心的高能

狂飙的闺秀，铁血的童姥
某只恋双性的东北萨福，从她之中跳出
Myself, je m'appelle…… 镜子是第一门
闯入生活的外语，我是第二门

当她甩下鞋，潜进独居学区的卧室
我开始灵验，调皮地摘下眼镜，将她
扔上文学的贼船，向四大洋的书海里亡命

写给我看吧，女海盗！妳是知识拴住的暴徒

也是动不动搬上终身的赌徒。惊险的描绘
戳到情性隐微点，风貌珍贵才汩汩涌现

我们写自我的史诗。准确地说，我缭绕她
以诗写自传体通史：陈陈相因，一个宇宙！
惠特曼写下后半句，前半句，我为她满上

我呀，疑似她之进行诗。快成撒旦的路西法
马上反抗成功的普罗米修斯，跟随写作不断接近她
暗中为她热烈地命名——
命名即是向辉煌生火，命名即是立刻发生

（2023.9，25岁自寿）

吸血鬼情人

To be or to be

是你，文学，教我纵欲的第一任情人
从最初的通俗读物跑出来蛊惑我：
达蒙，爱德华，以利亚，尼克劳斯
每位吸血鬼情人都是你的俊分身

十四岁的我，总意淫大十岁的你
在你肤耀如镶钻的二十四岁
我是你意念控制的血奴，粗笨的玉食玩偶
一心想和你相爱到死，从伊甸园爱到
后人类，再从乔伊斯爱回弥尔顿

所有追求，从你那里照抄，你谈到
爱、荣耀、自由，我也样样忠贞不渝
你的过去，我读到就是活过
无非流亡、断头、决斗，观者睽睽之下
表演生不如死，然后一死再死

63

我甚至把自己养成散发甜味的樱桃园

和你不停夜宴，用葡萄滚地般的舞步

跳、跳、跳，敲开每支雪莉酒的守口如瓶

和你过得浪漫，过得荒诞，过得颓废

过成每种糜丽的流派，红毯里踩出波尔多

陈尔德！当我迫切想成为精神贵族时

我为自己取下首个笔名——*Childe*

古英语中的贵公子，书房扮成发光的古堡

淡绿网格本，烫金红硬壳，异域丛书的姓名

连成一句：纯真年代，小妇人野性的呼唤！

书伯爵向我引荐自己，我也点名一样

叫他们——《百年孤独》！这本像你施的爱训

那是一味青春疼痛的颈间吻，你的齿

拨开蔷薇般取得我，在我尚未成年之时

把我转化成永生序列的一员

从此，我始终停留在十四岁，即使

装人的年龄是二十四岁。和十年前一样

我小心掖着我的怪，慕夜喜冬，厌人烦群

想流窜各地做爱，玩遍美少年的身心
处女座的路易十四，写作比洋装繁复
拉开文件竟是——香水，芭蕾舞，高跟鞋！

我把自己活成了史书，又活成了小说
可谁说史书不是小说？当我返回家乡
躺回生我养我让我死亡又复生的棺材
像成名的艺术家，用好似自刎的姿势
把天赋的小提琴曲拉一个来回——

文学，吸血鬼情人，我才是你的始祖！
文学，吸血鬼情人，你才是我的后代！
那才华，原是最古老、强大的吸血鬼
她因热爱而持壮，而不死。内置的
少女德古拉，诱惑我献上所有心血
在悠远的虚无中，供养她无限漂亮

文学和千年恋、万年恋如此相仿，以至于
天敌都是时光。唯真！唯善！唯美的心血
那我中之我要吞尽今世之躯，咬嚼！磨碎！
追忆和向往，一组对抗却和谐的力驾着她
使我一边向上飞，一边倒计时

我忽然记起，被你操纵后遗忘的往事——
是你先偷读我的心血，那软白笔记的旧手稿
语言把意义引入你，文学才被洗脑成我爱的情人
原来，空前绝后的历史，从来都是现在
一见钟情都是相互制造，当我写下，就是成为

（2023.8）

辑
四

闺中奇事

复苏调

擦肩而过的两辆自行车犁开雪地
交叠成坦荡的二重奏。湖内凝冱的涟漪

参与接踵的赋格，开始倒带的过程
栽种枯荷的酒窝，羞赧中解放忘却的余欢

假寐的柳堤旁，银粟在骄矜的松上呜咽
忧郁的三月滴漏打磨淹没她双足的镜面

委屈的料峭雕刻坚硬的发尖。她需
翠针编织命运。燕延滞的日子，

她与那冷夜的抚摸和解，将自己
偷偷缝进天空，吞下一粒雀的揶揄

（2019.3）

喜乐

步入深冬拂晓，嗓子苦得，咳出
绿共相扇惑的茶园，领口襟着的江随袖口

夹带的雨关闭，结冰如家书颦蹙。眉心
浪迹的瓯越打寒颤，撺出雪，又一年

你在殊疆。永嘉失灵于彬蔚，浮舟
从雁荡走失，玉体因春水延宕。我过目，将观你

定义为观潮。干燥指尖飞出轻密透翅
鬓发梳于耳后，空余一问。蹑冻或频呵

咽硬涩的哀滴。我环视，如缘西湖而行
花港结满红鲤。你体内的雨至最北仍有

静躁，赤诚敲打你的竹骨及琴齿。烈风
加粗你的吴语，认真搓出隐身的儿化音

忽而校园的冷开始变幻千万，清霜漫上你
眼中梅子。称霸湖面的败荷收起烟卷

我并未烧炉废柴，只是檐下定睛，逐渐辨认
那垂泪冰凌是你，为迎接毕业而低头呷酒

（2019.11，赠留韵）

问

撕下日历，时间好一把铡刀
我旋进柳岸的周岁，迷茫不安地踅躞
足下走出一座拐弯抹角的园林

我已糊涂地度过成年，雪藏的二十二
像陷入湖心穴道的废舟
中央浮光鳞集，我低落得像履冰失败的折戟

在小满，唐突的飞鸟呼吸着绉纱
花楸端出一树祥云，丁香腾起雅紫的篝火
它们庆祝活着，庆祝巢群的香味未被使用

无数的道路捆住了广场，亦绑架了我
谁把此刻的我们困锁在露珠抑郁的眼？
桥洞啊，水面前永远执手，不断的门

（2020.5）

亮的事

海倾身，送出私藏的雪山
泡沫似的雪花，扑上她膝盖
冷醒一对坚硬的白贝壳

双亲撒下声网
女儿、女儿地缠住跑远的浪
仿佛赶海的她们，正还乡深水

学龄前浮士德，几只手
像团结的橙色海星填海造陆
落实原创的土坝

挪一挪裹绿苔的石，移开
龙宫片瓦，窥破虾蟹逃兵的秘事
裙摆漫卷，吹胖成一颗黄梨

还有瞬染成莲苞的，小身体
半轻如羽，粉布料垂水

塑重如铁

小鸵鸟应声起身，凉拖蹭上沙
效仿沙存在。她踩出脚印
一步步，捏造出自己

身后骄阳下，翅光跃起又去
千万只闪蝶腾空
重新造成海的层叠

（2022.8，青岛）

白玫瑰

怎么爱得惨败了？片片的累牍
似要诉说些什么。刚在灯下
明明也是牺牲过真意，白过头的

象牙色的骨朵，如今却化身为
安置天真的病房。冷墙围拥
陈旧的枕芯香统治了整座居室

她走不出那弥久的绽放之悔
一旦表现，一旦呐喊，就成了
节外生枝的哑女，素衣裸露创伤

含苞的权杖成雪的盈余。为了长大
我们把自己削足适履地，佩戴进花瓶
脚尖入水，发出了投壶的轻响

（2020.7）

郁金香

到这里来——鲜妍的五月已悄然为你
摆下素未谋面的酒席，光泽的紫拢绕
娇羞的粉，清香是为火苗弄盏的音色
湖面此起彼伏的桨声，扩散着啜饮音

路人折射出独得孤独恩宠的你
与你美得不自知。白石柱下，热闹的城邦
决不食言，世界说需要高脚杯助燃
郁金香于是拉起重围。长发风餐的塞壬
开宴——你难得的英雄到处都是

如同会知己，我们的处境小酌间获得
你看似敞开拥抱的姿势，只为保全颅内
轻盈而中空的少女臆想。花被闲置骰子般
收敛多面性，皆因奇偶关系情缘的临门：
他手，他手，最好轻触我蕊如小心置喙

长叶掩面，像自始至终都在举手发问

答案，散落在周身不语的泥土。你和她

都无路可退，靠近新的嘉宾就引导倾心

适宜的客人或在雨中活，或在雪中活

等待能爱的人落座，落座就生死相许

（2021.5）

美甲帖

必有蝴蝶暂居幽阃之法，爱美小巧妙
葱尖空落的色盘，等待安顿果色极光
碧潋纹理与珠宝泽，淹覆花木生描

云母片烤灯，固定银河系的芭蕾舞
一双红酥作新扇轴，挽留泪与雪痕
指尖扶琥珀，收纳心水的童趣丹青

捐弃了辛苦，就结葡萄紫、红鸦嘴
为自己衬花边。满手精雕的琼窗
像吞没风暴的金鳞与睥睨的杏核眼

劳动中解放的女子，手背的画廊上
展览装裱的雨中湖。她修好雾面天庭
挥舞着美，经过蘼芜并没有折花

（2020.6）

寸步不让双性者申辩的贤能。她在评论里
逼迫世人张嘴，不为嗟来之食，但为
指出世瓶撕裂处，笙歌制稳的幻觉

书也是樊笼，我参观她伟人的豹勇
代入绵密的心理描写获得体检报告
当我看向那字栏时，她也站在字后
犀利的目光瞪视我这混沌的人间兽
行尸的半身，覆满昏聩且嚣张的腐肉

其五　少作传

断交的豆蔻抒情，殷切地答你问
每逢朔望点醒野心曾有的十二生肖
矜持飘惰的初期写手命，应在
阴霾与要碍间颠沛，踏实赎慕光之罪
早慧早，万不可徒步穷追人言可畏

一事你望大家周知，高峰并非
群山天资，而是一贯艺术作风
大火一旦开始，引线之人再难生还

假使洪水临世，也无计改已归正
只待燎原创作出皎阳恢宏才停手

少作是暴晒下易燃的缺憾，照亮生趣
跌宕与茕茕的我执，有时你想，我与你
同生共想，无助的女婴抓周时丢下私房笔
肢体依然求救般换气，吞喊我想 我想
信女浮萍的进退，切近于自焚骨骸的浩荡

其六　纸鸢节

晚川含腰捡理木棉的香腮，仰首
又佳节，旧忆拳拳的薄燕乘风半空
缝补苍穹旷古的青衣楚楚。一年一度
游蜂般的儿童，喊回你学生时代的
扬眉梦，自古的远志铜雀般虽死犹生

即使手中线拉紧了局限，你肯定
便有反问应声，也不许外人剥夺
你任意的飞。渴望离经叛道的筝鸣
响彻，不在意求索蔓延贯耳的唱衰

只是越往高，已见越战战，越疏漏

说起那年，彩云与光食桌分茶，校服是
容貌相仿的折扇，每套皆有少年惊鸿
你耻于谈情的摘抄，为过关大胆地可爱
万人皆鲜，有人因博学而略显陈旧
你爱，唯恐贬低了爱，比万人拮据

（2021.3，北京）

宅女

（男友：晚上视频吗？）

懒得精心盘头，就任半只瘸鸦空悬脑后
听娘亲讲几段好姻缘，楼厦、官职、车马数
比拼邻家男儿郎，有时敛财，有时贪色

（老爸：未来如何打算？）

啃苹果，为女子芳龄有才便缺德所苦
熬接二连三的科举，忙出头，改身世
富贵八千里路，疲惫写入美人年目录

（师姐：师妹，吃下我安利）

不耐烦地溺床帐，游戏里换貂蝉或蔡文姬
赏宋朝剧，戴帽翅的蜻蜓大臣飞进儒法朝堂
绿云屏群聊八卦，闲鱼典当，下单日常褙子

（老妈：你得注意锻炼）

桂花胰子濯手，累计脏衣，罢宴防流感

为落发所苦，素颜立在妆奁镜前神伤

为窗外池藕所苦，荷塘被剜心的车轮

（导师：论文定稿否？）

忧天下，半夜披被褥扮新鬼烦冤旧鬼哭

思考精神自由可要延年，不恐婚，不怕老

自负的闺房，快快随我越岭，飞一夜的经阁

（班委：你又忘记打卡……）

（2020.5）

辑
五

乐园 37 号 *Crystalline 37*

万物生长

也许会有多群会飞的绵羊被你的
目光缩小，温顺，信步闲庭，优雅如
千里之中的小寸步调。眼神是害了
伤寒的诗。有风时，流萤的方向是南

指缝，龟裂如有破绽的甲胄。一块骨头
挨着另一块骨头生长。一场大雪的
告退，意味着另一场无需等待
初春寡言以冬末，漫长的追逐，人仰马翻

我说，人间没完没了，句点挂在天上
你说，雪仍会下，哪怕我们融化

（2017.12）

我猜想你是萤火虫少女

戊寅年初，我抓住一只水色蝴蝶
留下翅膀为你做眼睛。你睡在细草之上
一举一动如涟漪。你在我身上抹满光亮
助我潜入海底，将月光浮出海面
我的衣襟上也都是，可以抖落下来的
闪亮，我猜想你是萤火虫少女

我时常闲来无事，无事生非。见你点燃
一团火焰，放进他胸腔，重塑他心到
灼热。见你在他身上摇曳，嫉妒到发狂
伸手却发现你在我怀中，我和你们之间
隔着的，原来是一面镜子

我看见了，看见你的双腿之间有家。我
来自那里，并且最终会回去，我要化身成
一条掉头的河流。如果我能掐死刚升的
太阳，让良宵无止，让昏黑高悬。那我
就将采摘你所有的饱满，用烈酒灌满

你温暖的洞穴

等待某个姗姗来迟的清晨，打开窗子
伸手触摸窗外的雾气和叫唤的燕雀
都没有你的肚子柔软。全世界除了
母亲，只有你，只有你，能给我身处
羊水般的舒适以及遥不可及的安宁

或许我不该生长，早该夭折。没有
神明预言过，可我就是知道
遇见你，就是放虎归山

（2016.9，给诗）

洋娃娃角斗

液晶屏日渐升温，全球瞩目的洋娃娃
贩售游戏屋，傍雪完工，洒满玉液的礼宾道
远客眼神到此一游，即是免费门票
眨眼，检票。眨眼，入内。眨眼，落座

沙发里不勤的我，手握碳酸汽水，也作势
危坐，继续嚼爆米花。莫斯科金发碧眼
京畿道朱唇皓齿……货架上，经过加工的国籍
代表我这位失败的地球村民达成"赢"。幕后
傲慢的热带穷国王前来寻找软兵器，胖商人满口假牙
陶醉地在她们名字边，贴上电商、厨卫与牛奶标

我也精选少女完美的身体，加入
浪漫的超人竞赛。她们共享的柳腰
像弦乐间的飞梭，着称身的雪，着海的斑纹
着紫藤的羽毛，着玫瑰花不攻自破的娇
着弗里达多舛的命，着布尔加科夫小说的口吻
揭开"凸"形台，继承英雄的黄金只此一块

亚军　季军

94

只是两级台阶

打量我魔女的化身，猫的瞳，红云般的发
在角斗场更名的体育馆，我和她军营的姐妹，观看
浴血的芭蕾，两把刀娴熟地成了她新的脚！
咦？是我幻听？刚她关节点地，似有松动的螺栓
滚落。不对，我冷静地听——像极骨裂才有的响
哦，我怎么给忘了？她和我一样，也是人类！

银色奖章般的冰面，有限、布满划痕
我分神，又听得更仔细：停下吧，月经！
停下吧，乳房！停下吧，十五岁！
抱紧黑纱考斯滕下正在发育的身体，向神表明
为这颗呼之欲出的豹心，她甘愿深陷
从天鹅中抽取战士的连环技。其中一把刀
被她高举过头顶，和陪她从小到大的圆周一起
旋成闪耀的环形王冠，空空如也……

（2022.2，观特鲁索娃花样滑冰）

游乐王子　轻启

他租住姥姥家的电视机，"小难，小难!"
我并不是他找的"小蓝"，仿佛湖南长大，游乐王子
鼻音边音扭打不分。但他叫的确实是我，小难
存在对我来说，小难。爸爸动不动骂我"脑子进水"
长此以往，傻傻默认，我是他生下的水壶
考试时轻描淡写地洒下答案，化学 17
物理 39。双马尾是揪起来训斥的把手，真耳朵也是
他亲自教我待人接物的以暴制暴，指给我看
套在妈妈细脖子上的缰绳，被她误当作御寒的围巾

游乐王子活在暗箱，我也是，关于我的真相
像散发香味的卫生巾，羞耻而遮掩地塞进黑色塑料袋
空气黏似强力胶，冷漠付给我大笔封口费
我不张嘴。生于 1988，生于 1998 都没差
十年后的今天，我翻开单身女孩日记，小心翼翼地
考古，慢慢拼缀旧字，无法赎回当年的身体
小纸条抄"美人迟暮"，我忘情地摸过那句
毕业后，属于我的褒义词始终没有发明：

双眼皮、直角肩、漫画腰……和我错峰出行
单眼皮的我，塌鼻子的我，矮胖迟钝的十四岁

游乐王子，我想和你告解：每当暗恋起李同学
我就把他当成你，希望他放弃第一名，和我
贪吃贪睡留在人类世界。我砸碎储钱罐，为他充黄钻
方便他偷览班花的动态，又把银色法拉利停进他车位
补回这笔开销。落枕的青春期，我都在推敲
我的优点。虽是差生，可我自觉勤奋——
每天坚持登录 QQ 炫舞，在沙滩上做任务
海蓝贝壳、紫玉贝壳，为一套"永久有效"的时装
虚拟的奖励让我忘情，忘记火山爆发的成绩单
我的位置沉积岩般动弹不得。天后歌里唱的
我听着像，没有什么会永久有效

我的游乐王子在明，我在暗。我想在威廉古堡
给他唱《不想长大》，捧同一个 MP4 看新海诚
不要约会，坐在操场闲聊就好，听他说，我们
都是工人子女，成绩不能决定心灵阶级
他是数学课代表，148 分的模范卷
姓名栏可以镌刻我姓名。可我不愿清醒
在我唯一读完的日本小说，他才是唐泽雪穗

打耳洞时疼得想他，光。希望。援手。巴啦啦能量
不止耳洞疼，那些不爱我的男人，在我的裙里
我的心里，不停地打洞。发恨时疼得轰轰响
爱是没光时的小孔成像？时间一长
诌在练习册的诗被我忘得一干二净

游乐王子，他其实并不了解，小女孩
成长过程像性格整容，修呀，修呀，眉目刚清楚
变乖变到面目全非。周芷若变身黑魔仙的那集
我哭了整晚。哦，做 sth. 都像在服务行业
讨对方笑，讨对方好评，不能要对方好看
爱是望梅止渴。可悲的班级感不断延伸——
老师专宠，逢源交际，会考全 A，无忧家境
那种女主角，都不是我。十八岁生日良辰已到
我自慰，悔恨妈妈没示范过做女人。放烟花
散漫天买不起的进口美瞳，便宜货让我差点瞎掉
喑，庆祝世界疯长一岁，我又渺小了点
游乐王子，你不会懂，我居住的世界是一道
鸡兔同笼问题，人们差异悬置，为可以相拥吵着行乞

游乐王子，知道你之后，我停止寻亲之旅
今年本命年，在购物商场，我撞破考上清华的李同学
北方逻辑，手挽留美归来的富家千金

风尘仆仆下榻共同话题，高谈岳丈转赠的经济
十七岁的他和我，心生臭嘴连连鄙夷。总之
他再也不是游乐王子。穿上高跟鞋也没长高的我
丑小鸭长成的黑天鹅，宿醉把心喝脏个遍
脑中富婆荡起双桨，"弟弟个个好，好似蜂蜜宝"
趴在室内体育场醒酒，欣赏男高中生打篮球
游乐王子，你还在他们中间，头发从蓝的染回黑的
万般阶下囚地爱我，说着莪浍嫒泺①葷ふ

假如<u>我留在这个世界</u>，你会让我放弃（他们）
喜欢的豹纹、虎皮或蕾丝，你会温柔反问我
"我喜欢什么？"游乐王子，我学（他们）问我的口气问你
"牵你手，一次要多少？"游乐王子，我爱游乐园
我想自己赚钱，坐大章鱼，激流勇进。带你
回老家过年，用冰糖菠萝和冻梨，还吻你的贷款
把你写进户口本，从此和我男耕女织，武功尽失
这是我难得一次的脆弱，游乐王子，我们恋爱
我不像未成年时，多的是成人之美。亲亲你
我的游乐王子！你手上尚无权味，也尚无烂臭的欲望
你不会伤害我，你不要伤害我

（2022.1）

琳琳

My elf

"琳琳"，念你名时，如穷烟屿上捣地枕植树
惹流莺响，我的舌软锹触碰两次湿洞穴上壁
召唤你这四月太阳怀胎的女儿。皮肤临摹
甜荞，发蓬蓬如云团停耳后，乖巧雾集
凝海珀，眸劫掠塔尖、帆顶、山峰的隅星夜。
健硕的腿，如良细赠黄花梨的谀词，或樯与桨
带你航至我冷港，热带横陈心上，一对水蜜桃
跌进沙发陷阱。眉下，翘羽扇顺弄熏风

"陈陈"，你叫我时，有几粒小橙求欢于枝丫
我又以德何能现形？以椰壳愚钝的脑，释迦
腻肉，槟榔致幻后牙缝流出的诗分之谵语。
"在见到你之后，我已敛凤梨性情
不再用尖盔甲去筹备君子。"于你，唯余
蜜蜜与细水长流自陈：这点滴累加的情
如水曳树，颤骨骼上一日间站满三角梅

午时风，棕榈目悄炸成我们的碧烟花

"浪迟了。"你讲这话时，它正巴结我们脚趾

"琼剧、清补凉，或娘子军。"你指认抚养你的时光

"崖州早茶，苦海泛舟，往天涯海角。"果真？

那安生泉石行藏同我们。在荒年辰，松梢穿月的夜中

忘记晦涩坎坷和梦的意外死亡，往雪远方走。足印

串连成生的媚酒意、花容文章与诗此行

（2019.4，赠林琳）

萱萱鸟

两点睡，四点起。六点才起，闹铃
感天动地。黑板报半成，梅菜包剩一口
喂给储物柜吃，老师常有意见，但不会对
重本线明说。答题的手刚举到下巴，内心
抬出句"算了"，外向不为风头，只为
上大学见到萱萱鸟。因而爱，或发生巨变

想尝尝不过季的樱果，但也侧过脸
不去想，课代表吃过总炫耀，大课间
高层走廊，接过隔壁班偷抹口红的丹唇
第一堂语文补觉，超过市二中，为此
脊椎快崩裂，用眼濒临爆炸。食堂
异性好友对坐，隔日校规头条"非正常接触"
不去遐想，以后的萱萱鸟更美好

初次见面，网友姐姐惬意涂彩指甲油
指尖引出花团般萱萱鸟。良民墨水味手指
只有红笔道，好想出众，好想与众不同
盯盯看同班同性的学习榜样，点一杯

同款奶茶，与她同步咬吸管的消消乐
以为成绩一样，家境也都一样

查资料手机不小心黏住手，作业
趁机和必背古文繁殖，"倚叠如山"
萱萱鸟不怜犯错之人，尤其抄作业错
刘海过眉错。保持无尘与健康，萱萱鸟
不请自来。回声的诱惑打断我
来谴责"我"，《魔女宅急便》总看不完

羡慕换回自己衣裳的高三谢师礼，临时
电联妈妈，打车送来箱底那条蓝裙子
纪念翻过另一座山。穿它去找萱萱鸟
抵换初恋、自由与关爱，不考前三也有朋友
难以置信，数学老师夸了句，像白雪公主

蓝裙子听完，飞出第一只萱萱鸟
本就是最后一只。爱开玩笑的宣传委员
班里巡场，抓拍丑照。无忧年华
咔嚓——最想的那只瞬间消失在儿戏

（2022.2，赠魏萱）

玲娜贝儿，我的苦女神

粉嘟嘟的狐狸公主，吾爱！难以置信
我们借住同一座咖啡馆之都，听闻
你的惊喜小镇，铁线莲装饰在幸运居民头顶
爱哭的云块储满糖水，而阴着脸的我从未获得
玲娜贝儿，我攒下纸箱卖钱换来的独株向日葵
每次经过地铁都被湿热人潮掐蔫，无法奖励
与人共用厕所的自己。我在同学录考察你词源
口吃的胖妞蓓尔，跛脚、发如枯草的琳达
你不会像她们，稍有不慎就放弃学业。玲娜贝儿
想起她们，我私下称呼你为我的苦女神

玲娜贝儿，狂风刮坏二月，接着瘟疫分掉三月
像爱丽丝注定遭遇兔子洞，我想象玩具屋邂逅
慷慨赠我奶茶和棉袜的你。那一天，只属于我的你
在胜利的终点等着我击掌，邀请我拍拍你尾巴
我并不毛绒绒，但老板口出凶巴巴的森林之王
为了朝见你，我把苦当作叶绿素注射进身体
事情见一点光，便用苦呼吸，吐出大口氧气

可是呀，可是，我并不在跑道上，而在跑步球
短信催租、催债、催续费，不能等……不能等
不能等死！咒语般督促我亡命狂奔不涣散

苦女神，为了等到兑现二十四小时热水
我每天享用五花八门的苦，反哺你的绝佳垂爱
佩剑给你，刺痛归我。海棠果给你，蛀牙归我
蛋糕给你，剩馒头归我。喜剧给你，残酷杂耍归我
情诗给你，生离别归我。知识给你，十载寒窗归我
落满樱花的城堡给你，分担区全天的大扫除归我
不涸的金色萨克斯给你，训练的拇指痛归我
圣诞限定牛角扣风衣给你，缝纫机前工时归我
歌颂的性别给你，姨母切除乳腺的通知单归我
完美的外貌给你，笨重脏臭玩偶服里一线光明归我

苦女神，无数次，我想从迪士尼拐走你
带你乘坐热气球俯瞰我们城市，小侦探
用你眼里的星空看看，再用放大镜仔细观察
蚂蚁的细节是平凡家人简直神一样不屈
想被你拥抱、一票难求的他们，是饥饿的人
贫穷的人，生病的人，失语的人，哭声里长大的人
你也爱这座大城市，苦女神，我想在它上空拥抱你

同享我们的苦吧！赐给我们哪怕苦的绿色蔬菜
摘下头套出示那汗，拟人的美名，今天我不想给你
安徒生剥去致幻糖衣，透气苦女神疲惫劳碌的病体

（2022.4，上海）

武则天，只是平淡的一天（组诗）

I 开腔：为构思朋友圈上街

炎炎烈日，通圆如升堂鼓
此地究竟有谁要鸣冤？长街上
各色人等复又续好断弦，不住闲地活
千古奇冤似地叫嚷着，拉扯着
威武的光线戒尺般荡过泥壁
金尘金影的扫堂腿将人设逐一拆穿

贩雪鳞者搜肠刮肚，银勺鸬鹚的形体
先我一步，尝了那口刺蕾的热汤
当我嗅到整条街午时已到的气味
感慨卸磨者还在不断屠驴，牺牲者
弱小的血正洒溅，爱美者落空半首诗
撇清俗事干系，闪一边自拍更新的脸

配文:「时代舆论展播秘史，女人的所有
都已端上社交八仙桌（难免删减如昨）

膳食与靓衣，中杯红柚加西米露的满庭芳
悲秋的下一站。」绣像之内，你看她
披散热蟒般的黑发，便知她的感情
以何种造型缚住你双眸，释放遥夜的身手

Ⅱ 游子吟：行雨，赠别

垂柳似淋雨的巾帼
举不动那长缨在手
片片眉目褪回含情底色
店家的朱雀和我受冻的鼻尖
都似泡发的枸杞
听惯了蒲苇闲言碎语
胧秋的烂塘里，挤满了
莲盖半成的造纸术
衰皱的人面匍匐在水底
母亲痴立断桥上，我像鱼影
坠入冷湖的深宫，越游越深
哪怕从此湮没着陆的一行

深冬，我有过凛冽的梦：

冰刀在宽阔的寒玉上辗转

新雪更一寸的倾覆，为大地

矢口否认某年某月的饥荒

何处预示了命中的变雅？

晚钟为更绵长的森林摧折

画舫上霜的窗格闪过我倩影：

一位喜欢一厢情愿而非两厢的女人

一个因孤勇略显木讷的少女

成长拉扯她激昂地生生死死

和才华私奔后，再没有解绑的机会

珍重吧，雨！我的心

随刹那的沏落真相大白

言容茧茧的家人恸哭我背影

凭谁说 *CHANEL* 不能流布宫廷？

其实我早已准备就绪：

阴道舔动如一团榴火

意欲吞卷最凶最暴殄的最爱

将他收进王位的袖笼

予以长达一个世纪的深眷

Ⅲ 巫蛊：我之写作观

看朱成碧思纷纷，憔悴支离为忆君。

不信比来长下泪，开箱验取石榴裙。

——武则天《如意娘》

当面前空空如也，手指变为笔
十根空枝，研磨乌砚似的眼圈
为窗外万紫千红算命，芍药必须死于大雨
目睹暴雪的月亮必须万寿无疆
墨汁、眼泪和哀愁的苦旅如出一辙

或许换个朝代，我也是如此
被古汉语通灵般爱上，为历来
寡名的闺中才女还魂。初试的诗歌
还是一幅工笔，盲鸟姿容空廓的艺圃
徒有散钝的境界。因为我直勾勾地
盯着世界，所以词直愣愣地死

须说，写诗像静候预料中的兵变
撇捺相互交手，部首的城堞严格设防

我正扼住灵感，阻止它冲撞我的紫微

加速！我一面有轻松解决的把握

一面又恐畏独步累卵的危险

也许我此生难以加冕，只能是

文学默默无闻的宫娥，典籍的鹦鹉

附身于我唱出双簧，随手选红叶

做盖头，做稿纸！那时我写，一写

便椎心泣血吐出今秋一段庞杂的暧昧

结束时，躺入书名号雕龙的花冢

IV 艳调：媚娘的情史

持红笔在他的西洋文上勾朱批

作为一个失败且貌美的继母

一早意识到他虚弱的主体性

如跃跃欲试的郁达夫在《沉沦》

不出所料，他绳索般搂紧了我

凌云的体态幽攀我妙龄的里外长谈

我们的唇齿弥隙般互文，如雾烟华

封缄瓮口，成为呼吸时微疼的两端

扶起我耻骨！像抬起胀红的轿辇
我俯身吻他，待他邀我顺利过门
我将得胜，我将得名，并与君同甘
太子殿下！破庙内，我们充电如并蒂莲

那年我的原配入侵了我，我成为
不得志的三千分之一，微服小解时偶然
临幸的茅厕，弃之如敝履的尿壶。他诋毁
纯真的绣户，收获咀嚼江山的阴兽

乖犬女英年早逝，而耐不过三秋的好姊姊
仿佛叫停运河客舟的澍雨，严禁任何异性
出逃她的天罗地网，包括你茂年的鼻息中
即将隐现的，那也曾矍铄但差强人意的父

V 醋意：王皇后与萧淑妃

借鉴班主任的诸多办法治理后院
武老师收到告密：同窗同事的巧嘴

正结党营私使用输入法解释我

好在我已提前备好自谦的丧调

立志在墓志铭设一道开放题

答案连举例都没有，仅仅要悬疑

但还是刻苦学习《聊斋》里的

美狐女团爱豆，干净去恨、去嫌

毕竟不能总期望言论待我如礼佛

只是背叛的感觉仍徊徨周身不前

像置于数层锦褥难寻的硌腰豌豆

弄谗猛烈，皆因败恶高看自负的蠢

今夜，要抢先实行醉骨术，剪除

妒言恨意的四肢，像剪除掉漆的美甲

在莫名的疚怀中，我捕捉

我扑迭的雀，使她停止——停止

挥霍自身忐忑而局促的灰色火

VI 俚曲：皇帝下班后⋯⋯

穿越农贸市场，思量岗位上的

繁琐事，有关朕的版权问题

已三令五申过：液晶屏里

饰演朕的女星是国库空虚的祸首

至于古龙的古董剧，刁民

江玉燕胆敢偷穿朕的工作服

在事业上升期乞讨感情生活

有关理想型，朕尤爱陈道明

斯文不乏假仁假义的丹凤眼

餐馆散养的牝鸡周游了诸洲

新疆舞般前前后后哆嗦那花脑

打卡上朝的清晨已被罢黜，我们

急需指纹验证细爪的痕

过玉带桥，小商小贩当街

叫卖芙蓉，吆喝声散发

温馨的白梨香。城镇

健硕的梦马套着太阳的

金络脑飞奔，并不在乎

马背上气喘吁吁的我们

只有盲流的野猫，蜷局从容如弥勒

以存在记载小撮良民的功德

唯一令朕厌恶的，还是人类幼崽

比拼背诵乱臣贼子的鹅鹅鹅

手机传来狼人杀语音："金水
发给二号李世民，他铁定是平民"
二十一世纪贿赂凋朽的古典
朕通过无夫无子，独立独居
完成废唐时铲除男丁的功业
而今朕在床上滚成南洋鸡肉卷
不为侍寝任何男人，只是由于缺乏供暖
最近在宰制中，奇形怪状的李姓总监
眼神猥琐如后来居上的胸奴
他有不少无理要求，并不知创意如天意
需要陈胜吴广般怪力乱神的会员

拘谨且安宁的公寓，是未经过皮鞭
却热衷偷偷加载春宫图的处子
解锁家门，卧室的自由与安全可感
朕荡悠着胸前的一对小蟠桃，脚踩
拖鞋的饶舌，哼哼着咿呀咿呀哟
滑到冰箱前：让朕瞅瞅，朕的丑橘们
寒窗苦读，爱写诗、扎小揪揪的秀才
生下来只为本次面圣的机会

今日殿试，让朕这位小主妇
开门见山，见证你们光耀门庭

VII 婉歌：和男宠约会

雨丝似我问柳：问柳，留不留？
我的竹伞与他的搀错。空空的干
仿尽隔世湿冷的熏笼，转开罗帐
便沾上流穗泼来的妙雨连珠

整个初夏企图以美男计俘虏我
玉树出卖一时的色相，尺度
遥不及他。还有谁在赏他沐浴完毕
猗猗而立，筛下未被稀释的幻光

独独我，频频瞻前顾中回头
每一回，都为他默写句亵语在卷首
"小心肝！我求一瓣桃花为聘礼
为砒霜，在你的腻理长出香瘢！"

樱笋上市时，我袖掩他才子手

我们杞人忧天，决不放弃子夜梦蝶

我独占他口罩后的整座御花园

身无分文地拥着，决意就地到老

Ⅷ 清商：悼姚贝娜

> 劝君莫惜金缕衣，劝君惜取少年时。
> 花开堪折直须折，莫待无花空折枝。

—— 杜秋娘《金缕曲》

我乐府中御用的天后，吟引

二十四桥潮暗的空灯，人间将你

远嫁忘川求和，使昙花邈永以凤声

拂晓，我随你的唱词梳妆，音愈高

发髻愈高，直到马尾灿丽若一束铜花

偶尔我会伴着你漫步到社区，那

基层治理的最后一公里，天籁

驯兽般爱抚我桃色的双肩，我与

众生各有各的末日可饮之瀑，我们

并不因身份和地位楚简般生疏

连日来，我都在用俗耳写寄你的鸾笺：
对于出入花间这件事，我全凭你差遣！
无人解我一腔沉怨是因痛失哪种珍品
你来之前，绕梁的是晚香玉的遗恨
你走之后，妙乐悬挂如妒才的缟素

站在新时代的 CBD，在中原远道而来的
号啕盆景前选秀，经历贬杀又重新络绎的
千年轮回中，龙颜触怒般的霞蹄下
我听见了你，盯上了你——蜉蝣的权影现出原形
溢血的活牡丹，母中国生生不息的冕旒

（2020.12，长春）

长诗　*L'amoure*：东施与西施

L'amoure：东施与西施

（本诗事纯属虚构，如有雷同，定反映历史）

壹 投水

> 子在川上曰：逝者如斯夫，不舍昼夜。
> ——《论语·子罕》

水诚：北京时间七点整

当你的死讯传回会稽
水岸滚雪，击散卿卿我我的苔石
迎合我凄楚的心绪

我念起"ji-jia"*，不是越语中
年长者的称谓，是我自认门徒
誓死追随唯一眷恋的神明

我庆幸我们终于同岁

至此，你方可一生为裸玉

不因风波蹭出片刻瑕疵

七点整，冲淡一天的时序

我走向水中央，任潺潺搂紧了腰

感受即将参透水的深意

赫拉克利特不解刻舟求剑的智慧

从年鉴学派痴情的角度讲

假使目光放得长远，剑与舟的羁绊

始终停泊在同一片水域

宛如我们降临的越溪，你

匿迹的太湖与长江，生生世世

踏不出永恒的江南

（注：*ji，绍兴方言中的"姐"，大致拟古越语。jia，湖州方言中的"姐"，

大致拟古吴语。）

贰 浣纱

伟大的诗，把历史撕开，把哲学拉下马！

——题记

一 形而上学：浣纱准备

看向水面，你发现光褶皱中
闪动着素未谋面的自己——

理想的自己，过往的自己
自己的某个歧途，自己欠缺的自己

如若互补不来，只盼相似生爱
水中的倒影，未必不是命定的爱侣

若水仙少女看向倒影时
那水下的宁芙也在看向她呢？

自恋的人，最懂自己被爱的感觉
因此总能准确地寻觅爱侣

水，因此不是镜子

是爱，叫人团结在两端的激湍

Echo，古希腊人这样称呼

相伴你，与你相仿的一切

在中国，她是东施

西施的第一道回声

二 形而下学：遇沉鱼现场

> 蒹葭苍苍，白露为霜。所谓伊人，在水一方。
>
> ——《诗经·秦风》

小时候，我还不会说汉语

却明白它的实质是泡沫。不然

为何你的芳名从上游漂到下游

不曾说明你一丝秀色？书中

果真没有颜如玉

为了见你本人，我向山麓疯游

在水的眼波中，找太阳抚育的鲜橘
明月扇风用的银杏。添暖饱
穿绡影，补齐一路的筚路蓝缕

终于！方石边，见到种白睡莲的你
那些荡开的苎麻，在水底展颜
炫耀逐渐亮洁的肤瓣
天光为它们，作了刹那的花蕊

不知是清水被巧手的异香
染成酒池？还是我本就醉了
醉了，因见到你脸红而忘记泳姿
沉鱼是我，观摩浣洗时
把锦鳞也脱去给你

当你照向水面，我是时候
穿过睡莲上升了。一个勾引女人的妲己
初次见面就要夺走你的初吻
我要整个越国，为这场野泳骚动

其实，人类的汉语很好学
AABC 式的成语要造句才有灵魂

例如：你楚楚动人的眼睛

望向我亭亭玉立的身体

叁 效颦记

西施病心而颦其里，其里之丑人见而美之，

归亦捧心而颦其里。

——《庄子·天运》

一 东施学舌小剧场

1 取名

只比静止快一点，你轻轻摇着桨

我们共乘的沙棠舟，散发摇篮的幻觉

我即将真正诞生，取名也是组词

你叫西施，那么我，来作美人形的鱼

也要照着你的名字组词

反义词替我想，东施？一个天才的情侣名

2 爱的发音

看着你，我遗传的言情基因默念：
哀－癌－嗳－爱
苦闷，绝症，叹息，无非都是爱

你看，中国鱼刚学拼音就得到高妙意义

3 成人礼

江南是我们的试衣间。雀尾
那一把天然小剪，裁光线，捉蜻蜓飞出亮弧

你比给我看，粉荷可是裙袍
绿柳可是帛带。山野各处添香，是风舒广袖撩到花丛

我意识到，我离真正成人还有一段距离
从你身上，我看见人周身的美和正欲望美

我想先拥有一身服装，所以抱我一下好吗？
你要环紧我，用手臂为我测出初次的三围

4 藕花深处

推开波浪，释然一串串折痕
水还原回它素面扇的真身

月诗仙爬上渡头，蘸光题扇
写着入夜最后一首竖排诗

你迟了，小心扶藕花的清茎
她们都已经在极乐中醉去

夜宴散尽，芳盏、翠碟狼藉
我只给你留了吸吮的露珠

你要舔舔试试吗？只要你
伸手送出邀杯的姿态

我秘园中私藏的水，立刻为你
亢奋起落，彻夜不休

二 东施写诗初成果

1 受挫

爱美之路中道崩殂，村民见我便闭门不出

他们只会嘲笑她人尴尬的瞬间

而不会温情地想——

想她不外露的内在美

想她目前还是蝴蝶茧态的前生

想心病即将是附近村子的瘟疫

想丑如妖怪的女人就是学做美人的鱼精

我像条谣言，大摇大摆地走着

挨家挨户地走着，心想：呵，笑我无非是笑自己

做西施需要天赋

没有亲自品味，欠缺独立斟酌

人人都是东施

2 国际化

当今，苎萝村还是看脸时代
越是小地方，越钟爱艳压叙事

庄子报道，我比西施丑一点
这一点，不过泪痣，不过雀斑
不过一片还未收入皮肤的鳞片

站在西施身边，两种美若比邻
目光短浅才会故意比美
我自信东方脸的国际化

3 寻药

我要求自己学你劳动，在冷水里狂洗衣服
一日三餐只吃辣椒，努力加快血液流动
患上一场心绞痛

你说的对，我是为了你找死
听村里的郎中说，吃鱼对心脏好
又因为舍不得你，我多次自杀未遂

不如剐一下我的心呢？

好常常提醒我，体会你并为你
花费上下八百辈子去试药

鼙，终究是妖精学不来的
病源在此地宣传的审美
要人女体弱，要人女身轻，边毁你边宠爱你

4 幻琵琶

零才艺的我，却是擅长暗恋的半只闷壶芦
情愿变成偎在你怀里的琵琶

你的手也会来揉开我吧？我时刻绷紧自己
平等地憎恨每位走向你的男人

肆 苕华志：西施志向考

> 苕之华，其叶青青。知我如此，不如无生。
>
> ——《诗经·小雅》

一 余幼时

我总记着，横空出世的她
叼橙火飞檐走壁，转眼助燃长街
从盛夏一路烧到九月

苔华，我青云之志的代表花
用野性走遍大街小巷，溢进
每个少女的眼眸当中

脚就是她的翅膀，没有木梯
兀自专注地踏藤。把长大当飞
仿佛故乡，远在云海深处

二 少女救国说

若少女能救国，那我必须长，我必须飞
少女，天然真善美，向垂死的老性脏丑恶刺去

办事不力的勾践，失败后才开始尝胆
做子民的，却是吃苦胆长大，越吃越胆大——
早在他跪求夫差之时，我就该替越国砍了他
做自己的帝王将相

我若能！我必须要！

我须挖，掘冰三尺揪出零下的痛点

我须斥，斥命运斥庸众斥齐喑斥自己

我须冲，率领我的思想冲出我的皮囊

我须跑，把自己跑成一队斗志昂扬的战士

我须喊，把假寐员都喊醒，喊得火势缩回娘胎

我须掐，把善忘员都掐醒，掐出监督懒肉的樱桃眼

我须钻，钻进苏醒先锋的领子，做绣着紫薇花的防弹衣

我须写，写到母语自愿为我调换语序

我须写，写就写到——我花杀后，百花开

我须写，下大狱也要以血为墨，此生狂草

写：我须活，要活就活个明白活个亮堂

我须循序渐进去爱，爱邻居爱县城爱越国

哪怕故国正是下坠的巨舟，我也要

绑在它的桅杆上——学游龙缠死华表！

三　怀古

姑苏台，今时骨质疏松的危楼
石榴花瞧着风雨磨损它的名讳

我读到一首 1977 年的抒情诗
它轻易篡改我的志愿

苕华，如今更名凌霄花
壮志凌云贬斥为攀援而生

我开始明白，无论
须眉还是娥眉，皆不能解我忧

像夸玫瑰要拔掉她的刺
病美人的傲骨也可以拔掉

古迹上刻下心愿的游人们
追封我为美女，大聊特聊身材与情史

他们嬉笑着忘却，黑暗中的西施
本是一位赤手空拳的将军

伍 诀别诗

一 西施的明示：阳谋

世人离间我们，如同切割文与史
用我定义你真实的细节
明明都是妙语成章，同父异母的样貌
却说成一个客观，一个主观

若文史互证，当如庄姜与文姜
皆是姜姓。施予之施，是我们共同的姓
区别在文质不同：你的，是花千树的热烈
我的，是凋碧树的冷静

世人用憎恨差异掩盖憎恨相似
不敢想西施的爱无比大方——
模仿，因为孤芳从不想独活
总要与另个她，有福同享般共同曼丽

"看着我，你暗恋我，才会
无事偷看，一直形似，对吗？"
我贴着你脸颊。像悬在一根绿绳

未被剖心的两颗香榧，差点儿要吻上

二 西施的日记：阴谋

甲日

镜子，一份浅薄的恐吓

它以为自己到来之后
我会害怕与生俱来的美
害怕责任与嫉妒找上门来

完全不会，我反用它
走入无语言的表象世界游戏
端详逐渐丰盈的女体

肉眼不可见，美深层次的智慧
不在比较，而在公平的无常
薄命和长寿都不论长相

乙日

我笑，人们跟着我哈哈大笑
我痛，唯有你，把我之痛当作美来痛
怜痛之心，远胜爱美之心

范蠡理解吗？我因我美而痛
他爱我的美，而你爱我的痛
对痛感同身受的爱，只来自女女之间

丙日

东施，自从遇见你之后
我的爱，不再畏惧消亡的恐怖

爱，和人找存在感一样
都只畏惧——丧失回音

丁日

哄骗人必须完成的使命
长着一张男人脸，潜入我们之中

他是插入普通情感生活的第三者

带来腥风血雨的第三者

戊日

当越国，我半身不遂的老父
躲在雏鹰般的我身后哀求我

我就知道，我是腹背受敌的
他抽走我后盾，也间接为我敌

想通命运，只需要一个阴天

己日

东施，我要美到战胜你
请阴谋不假思索地掳去我
留下一个无忧的你！

浣江寒

越锦何须衣义士，黄金祇合铸娇姿。*

来雨之前，我要做越国的女荆轲

像一位半披地图的俏匕首

登上高台，骂男人如同练兵

我要骂，要指着他们鼻子骂：

　　　三千越甲尽解衣，却无一人是丈夫！

（注：＊明代西施祠楹联。）

三　东施的视角：晴奔

我深爱的女人，柔弱的双肩

竟托起一众乌云。那深沉义愤的内部

抹动着数不尽的铁色，比战争

提前了越国的阴郁

我们曾多么眷恋晴柔，它时常

填满轩窗的空愁，其中

清早似好梦，梨花如雪不肯冬

我们相随劳作，带领万物练习做人

教碧溪，学我们佩戴歌唱的玎珰

一步生一莲，撞开满塘闷声的花蕾

教群柳，学我们搀扶彼此的腕势

衬着粉玉兰，胜似情事的相处

江南逆着本性，被训导成

避世避祸的美妇。可她天生沸腾着战心

在雷雨与潮汛中呼朋引伴，又持暴晒

蒸发一场场烟火气，主宰千家万户的死生

一如此刻，紫电设下数条必死的岔路

婴啼与尖叫却撑起她无比博大

西施，江南刚成年的身体

怀着内爆迎入风浪，直通那阳春

陆 馆娃宫，刺客转

到了馆娃宫，万事好成功！

——苏州灵岩山寺馆娃宫旧址后门标语

一 响屐舞，堵耳朵

铮铮嗒嗒，我从上到下

系满铃铛，跳响这支独创的
木屐舞。随身的回声为我影
在铺着木板的银缸中伴舞

被《后庭花》靡靡到的人了解
不止真刀真枪可以杀人
想要从容地瓦解坚固的水殿
亦可通过文娱，温柔地渗透感官

吴王，你可知我思吗?
这一刻，我等待了三年
你的耳朵是我的谋杀目标
我把所有音符练成了暗器

你能听出宫商角徵结束
我少跳了一个羽吗?
果然，自大的听众根本五音不全
把一片羽毛藏进翅膀，我就能勇往直前

二 灌铅筑，刿眼睛

揭下面纱，无须再扮演舞姬

内心宽慰不少。此行将不再是暗杀
因我是明摆的刺客

三年了，资金、才艺、诗书
足够将有信念的村妇训练成西施
代替她的爱邻杀入馆娃宫

既然请女人来做一次荆轲
那么黄金台下，越甲之中
必然藏着她的高渐离

你，吴王，秦王的中途
我，深爱西施的东施
同时也是荆轲刺秦的效颦者

我们杀人，从来只为所爱
我们杀人，用舞用筑用瑶琴
若大义暧昧，那爱就是大义

这一仗，换我先用仿脸弄瞎暴君

三 陈情表，来进谗

总目：东施提案

临训练的前一夜，我看穿
范蠡那条拯救吾国吾民
不费一兵一卒的妙计

妙计，形同失踪的桃花源
诱惑数万万饥寒交迫的新人
递出鲜头颅，轮流为它试死
穿过硝烟的人，往往得不到炊烟

西施的心病……我向他透露
它使伐吴项目有了缺陷

换我去！我谈及我的优势
对西施的爱甚至让一条鱼野蛮其体魄
扛鼎、打虎、倒拔垂杨柳不在话下

只有苦练模仿西施的东施
才最有资格为她以身犯险
况且，只需灭掉夫差的眼与耳

聪明的吴国就会在谗言中迷路

况且，我善健康地扮西施装疼
驱使所有心生保护的强壮向我臣服……

计划：陈情残片

Plan A 爱的精神胜利法

爱是必要的精神胜利法
有了它，指鹿为马的解释权归我所有
我随时可以为世界重新分配名字

胜利法亦可用作顶级魔法
把有情人爱成双胞胎
把有情人的经期变成今明两天
把两个她变成一个她
咒语是——眼里出西施！

除了一条魔咒，还有一条密术
爱着爱着，自然我活成你，你活成我

Plan B 科技间谍游戏法

玩法一：

西施，只是副本的玩家账号

我可以随时异地登录

她爱我就会告诉我她所有密码

玩法二：

吴国入口处的人脸识别系统，分不清

凤梨和菠萝，奇异果和猕猴桃

樱桃和车厘子，蓝莓和黑加仑

它咀嚼大致口感，而不是名字

玩法三：

算法，只相信有逻辑的字符

东施属于西施，西施属于自己

则东施与西施都属于西施

Plan C 对立结构辩证法

选美如同参与刺杀

结局八成是失败了被杀

所以一开始，我就必须往死里美

丑脸被美丑结构杀死
美脸被古今结构杀死
古美女的真容
谨纪念当下流行的花容月貌

放我去吧，我把握十足
因为那如同之外，永有不同
历史铭记每位任务失败的刺客
却永远对丑陋的失败者脸盲

柒 美人计猜想

（注意：此部分为虚构，没有真实的女人受伤。危险动作，
请勿模仿。）

身处吴国的东施真身，根据思想波动，化成三个革命观不
同的分身，针对美人计发表重要讲话，并对历史过程做出
猜想。

东施 1 号：为了理想

倒数的舞

棺材料金丝楠木，正长出反光的绸面
1941 年，西子湖畔，囚庄已经建成
　　传统园林顺势模拟迷宫，终点处
　　每一间凶屋都优待替死鬼入住

　　我观察到那之间响屧廊的诡术
　　特高课想用它补录我的脚步声
　　抓，狐步舞密电！抓，伦巴舞密电！
6882，0092，5092，0902……

　　我还是执意与你共舞，只有耳鬓厮磨
才能逃过窃听！害羞的呼吸要说，为了你
　　我可以是色诱、暗杀、酷刑。我要你
　　守住理想的童贞，那风光霁月，那一世英名

我要你一直美下去，美成真理，永为我定数
指引我绕你之界重生。旋转中，我脑海的军衔
　　拧紧微小的星辰，锁骨却为你收着刀鞘

你可知，你玉国与我梦国同属一个爱国

事已至此，唯有尸首可护送你和情报离开
面对你，我的寡言不再是悬念：我要你
　　战后重返校园，到流芳百世的《风声》里
　　再跳出这支互换姓名与性命的双人舞……

谁活到胜利，谁的代号就是"西施"！

【结局】西施沉江说。《墨子》中写，"是故比干之殪，其抗也；
孟贲之杀，其勇也；西施之沈，其美也；吴起之裂，其事也。"

东施2号：为了矛盾

《新编故事》之斗法

放眼望去，满汉全席摆满汉子：

皮肤黝黑的卤鹅一丝不挂，渴望与她皮肉交易。船鸭语气
酥麻，脱去骨头来争宠，邀她把舌尖探进陶罐鸳鸯浴。河
虾睁着水汪汪的眼，仿佛在说，姐姐啊，快来扒了我，扒

了我吧。他的小弟兄们，早已洗好躺进碧螺春，预备为她古法按牙。阳澄湖大闸蟹见状，露出惊艳的健身成果，贡献全桌最炸裂的肱二头肌。

百鱼羞愧低头，只得偷偷示爱。搽脂抹粉的鳜鱼昂扬，为她刚上完刀山，就下了油锅。情深意切的鲃鱼不甘，掏出心肝肺，跳进鸡汤里魅舞。朝气蓬勃的苏菜中央，藏着一块年老色衰的酱方，他是一块猪的腹肌，动作小心翼翼，害怕被她看穿自身的油腻。

夫差为西施布下盛筵，他要教她吃肉！教她受贿！教她贪婪！给予一个女人假性自由最好的方法是为她营造欲望主体的幻觉。他刚吃掉那细皮嫩肉的郑旦，她被吃的时候，还笑着说，大王，我也爱你呢！女人，只有吃到嘴里的最踏实，不然她们总像随时可以叛逃他的忠臣，叫他夜不能寐。

"夷光，尝尝这个……"他念起她的名字。

（第一轮结束，人称交接）

当他念起我爱的女人的名字，我好像看懂了……他在搞一

149

种叫异性恋的花样。他不知道，我是招魂的梅雨，江南的泪失禁，江南的爱哭鬼。我只爱江南的女人，和统称为"女人"的东西：虐杀的猫，砍死的犬，烧伤的花草，无家可归的孩童，不能自理的老媪，失去手脚的青年军人，怀孕但丈夫战死沙场的女子……我爱女人，出生入死，从生到死。

我和他在用吃下棋，当我知道郑旦被吃的时候，我火速吞掉了一个男人。伍子胥，我在夫差他爹用来弑亲的鱼里尝到过他的剑，吃到重要情报：吴国美食暗藏杀机。添油加醋沁过一段时间的老鱼战略家，丢进钱塘江再捞出来，浇辣汁烤熟，边吃可边吸收他腹内全部的兵法。

"你不喜欢吃这些吗？"夫差问我。我看着水殿的珍珠罗衣香粉，我看着吴越匠人穷工的眼珠血液汗臭。食色性也，爱我你欲我，吃我你爱我，杀我先饲我。现在，我知道夫差早晚会输，他已经把敌国的谋士当成了宠姬。

"大王，夷光只吃青笋雪菜素面莼菜粗茶毛豆白粥素什锦，裹着荷叶的米饭，不经加工的原生态桂花。非要食肉，我最爱吃叫花鸡。吃穷人和富人都能吃到的，吃国王和乞丐一起吃的，吃吃完能颠倒众生的。"我把米酒黄酒倒进同一个杯，浙南浙北杯中交汇，吴国越国永远和平，北方女侠塞进南方女皮，东方西方放弃核武。女男爱，男女爱，看来水乳交融，可总有一方，不断两难，没有万全。

（第二轮结束，人称交接）

听到这儿，夫差明白问题出在哪里——越国，专产鲁迅的地方，他眼前就有一个。

他遂讲起杀父之仇，如同拉了一天磨的毛驴，忧伤地掉眼泪，仿佛吴国也奴役了他。东施看着他，有那么一瞬间，她坚定地矛盾过，像狼也像羊——

　　　　是该先杀了他再替他哭？

　　　　还是陪他哭完了再杀？

【结局】西施殉情夫差说。《越绝书》中写，"太宰嚭遂亡，吴王率其有禄与贤良遁而去。越追之，至余杭山，禽夫差，杀太宰嚭。"

东施3号：为了西施

天下已定，我固当烹！

如果每一次崇高
必须消耗一次性的王佳芝

如果每一次伟大
早晚反诬革新者为荡妇

如果前进，后退都可耻
存在变成边求生边发腐

如果反英雄便是女枭雄
那我要直接做一位当代艳星

如果男人们敬重蛇身人面的女娲
就会明白，蛇蝎美人才是女娲的嫡传

真正的美人计，是欲对爱残酷到底——
　　我要睡过范蠡，再睡到吴王
　　我要睡完吴王，顺便睡了勾践
　　我要无论谁死谁活，我都是凯旋的霸王
　　我要他们的名字，做西施名垂青史的台阶

只有女人知道倾国倾城本质是杀身——

　　我要拔出来那把插进我身体

　　青铜制成的钩子

　　反过来插进敌国的七窍，七进七出

让它一夜之内，交出所有栋梁！

【结局】西施功成身退说。《越绝书》中写，"西施亡吴国后，复归范蠡，同泛五湖而去。"

捌　追悼大诗会

第一期　东施绿茶读诗会（旧作巡展）

《自我追悼大会，二女往来论死》（组诗选）

1 吊唁自己

作者：东施

姐姐，我死好了

153

无论过程如何，我都死成了

改名西施，倜傥多情地死
并把吴国上下都美死

这下，你用过我了
用过我的身体尝到第一口死

2 国葬致辞

作者：西施

对所有子民来说，我已经
为了越国，光荣地死完

东施，爱让你甘愿替我而死
可你死了，谁又能替我苟活？

我在千百种死法中挑选我的死
饮冰死，吞火死，都不如陪你死

3 复活法

作者：东施

我听闻，江南有一种奇法
可以使我们不断从水中复生

虚构，只有汉语虚构的神力
可以让我们一而再，再而三地活

若有寻题的女诗人，她亲密的用词
繁荣进我的荒心，我就能苏醒……

学者我：《东施学研究》三部曲

幸亏美人死了！死，是文史哲研究的良机！

Book 1《东西施学》

（文艺学研究者 东施著）

站在洋文书海前的东方女诗人
名为"西施"的作者，也是爱仿写的读者东施

她，失眠的缪斯，附身奥尔巴赫
无数次重返真实的现场，从夜蛾之腹催生故事

早于哈罗德·布鲁姆，她发现影响的焦虑
莎士比亚，说英文的西施，效颦的流光将她点亮

早于瓦尔特·本雅明，她发现机械复制时代的秘密
批量东施入万家。再昂贵的西施神话也会退场
轻佻的从来是眼睛

并非东方女诗人总是领先，而是
东方与西方，早已如爱来爱去的东施与西施

正是因为东方人自家书中布满效颦现象
才会对西方人的书提出效颦假说——

写《玉壶吟》的李拾遗自比西施，细看来
却是三闾大夫名句的东施

写西施的松尾芭蕉，用的是偷工减料的汉字
片假名，汉字七零八落的小东施

写闺怨诗的男诗人们，不疼也效颦
或许他们也疼，不能成为宠臣抓心挠肝的疼

Book 2《陈陈相因史观论》

（历史学研究者 东施著）

为什么，记载两个相似的女人
必须是美神和她拙劣的盗版?

两个相似的男人，却是既生瑜，何生亮?
我恨，恨公史书折辱一对对女恋人

不如，开放思路学习陈陈相因史观
时间是环状的，所以只有当下

过去与未来都是现在的错觉
东施与西施都是美过程的节点

一直只有一个大文豪，死完又掉头
重过她在上海的二十四岁

不如，邀请未进入考据视野的文学人物

走上史学家的书架，再走出书来

出生在《红楼梦》中，虚构的东方女诗人
早已说明东施与西施神秘的纠葛

颦颦，捂着心口的颦颦。学西施成功的东施
造就了不朽的新西施

Book 3《施爱学》

（爱学大师　东施著）

> 一代倾城逐浪花，吴宫空自忆儿家。
>
> 效颦莫笑东村女，头白溪边尚浣纱。
>
> ——林黛玉《五美吟·西施》

颦颦，缘何痛若此状？
她似乎也在模仿西施病着
原来，草木的确会碰瓷美人

可当我想象她，几次欲泪
她不光像你，她还像我
像那个天真的西施模仿者

我，虚构西施的东施

我，虚构东施的颦颦

我，虚构东施的女诗人

多重虚构之中，重与重因施爱同构

从春秋到明清，再到今日

女诗人，始终是闺蜜相恋的结晶

第二期 东施绿茶读诗会（新作速递）

《祝福，赠最后的颦颦》

作者：东施

还以为是花蛛在挠我的胸脯

原是一首女诗向我爬了过来

我醒来，从《五美吟》数出六个美人

是你，笔名颦颦的黛玉

东施之后的西施美原教旨主义者

文学史上首位发现我的诗人

太白摩诘两居士，东瓯江湖两散人
一帮人相互抄袭，无非讲，东丑西美
西施是吴亡的替罪羊

唯有你把月光当不眠的银烛
机智地为我发难。你竟写
要治好我假病心，予我平生幸福

犟犟，你早知我的终局
却窥不破自己的。我在地府
全文煮鹤的生死簿，祈福般重写你

若毁人如焚稿，可为看书客
实现独特的悲剧享受
我宁愿，最后的犟犟，
　　身体康健，万寿无疆！

诗者我：同题诗《万一》

I　西施的《万一》

万一，我是说万一

被瞥见那一秒，东施真心疼呢？

她在心疼西施的心疼

西施因心疼成真，东施因西施成真

万一是真实的呢？万一是虚构的呢？

还是万一就是虚伪？

看似万中选一，实则都是去二留一

II 东施的《万一》

万一，诗人的困厄源于抑郁症呢？

万一，浪漫主义推崇的是肺结核呢？

万一，国文老师确实诱奸了思琪呢？

万一，养父带给她的爱情是恋童癖呢？

万一，烧炭自杀的作家正用表达求救呢？

天才？脱罪的疯子！虚构与真实一线之隔

读者从小以貌取书，作者

自然撒下弥天大谎

写作，这场华丽的生祭

写美的人与审美的人都无法逃出生天

辞采已定稿，大结局已经走到

印刷字保持幻美与孤立

字外，唯有过程的痛觉千古成真

玖　溯洄

水问：殉情时间七点整

让我也死！

死在日夜等齐的七点整

像所有烂活过的南方诗人一样

跌进五千年的不死之水

浸没来袭，水已拿到我的胃

为我清身般洗去体内的汉语

那水似爱，汉语写了千遍

却说不准的爱——

水，博古通今的爱之课
教我生死相依，教我起死回生
死过多轮的诗人渲染了它

抱石沉江的屈原，浪高受惊的王勃
跳水捞月的李白，纵身滔滔的朱湘
悉数亡在水底，变回陆离的鱼群

我读着它们，读到落水的兰因絮果
刚从沉鱼成人的她，刚缝入鸱夷水葬的她
我的过去紧抱着我的未来

东施与西施，若再随汉语坠落就是降生
等我，等我退化为诗人
重新开始我们诗歌的时间

（2023.6，上海）

长诗　玉娇龙

玉娇龙

集锦壹·深闺剑影

一 剑器

那剑是叫我青睐的怪病。
自它下榻客房以来，夙夜
撩拨女儿身的乖气，挑起我昏睡的知觉。

从小到大，温室气候随我饱胀，
匡我质以蕙兰，又捆腰如束素，
软化人至四体不勤。
服饰和礼貌一样，都是上好的柔枷。

只一面之缘，那剑
冲破遮掩闺卧制度命门的睡衣，
划漏响亮的磁，指引我静脉中的铁元素
前去搜寻混血的钢。

潜伏在周身的锐利，从此显现，

穿入宝屉是银簪，穿入窗格是松叶纤光，

穿入自我，是贪得时的较真。

与倒影亲近的默契，那束薄铁

也曾梦见投胎成待嫁的千金小姐，

珠袖里暗去双手，

叫人窥不见拙里有势，迅勇中藏锋。

二 伶俐

簪花小楷像极阻止表达的铁笼，

口才里默点，无法妥帖落纸，晕开碧桃

只好枕腕，悬腕，转腕，改用行草偷练剑法

逐字发现双面秘密，把四书五经倒入

朱丝栏，重新拼成一部《三侠五义》

祖训马上被诗化为纵横恣意

绣针试了焰衫，又能为暗器。木筷

经巧手绕过，又能为斜簪。物，游走在

无用美和实用间，字能治我，我就能医

被规矩书写憋住的笔锋，开始
向内生长出另外真我。她要的从不是单一生活
要命令八方暗涌，另一半注定是玉鞍

稼轩词是读过的首本秘籍，照着他
用力到字，学练融合刚柔。真正的闺秀
反而不含有闺怨

她每句决绝诗，都意在智勇双全
拿起笔，我是发明阑珊的墨客
放下笔，我是心仪行动的武夫

三　猜宴

我猜，宴席细部落入分等的儒术
瓷壶出酒，鹰嘴吐透明柳枝，垂入小杯明喻
一同休闲也是共谋的延伸

叔父们的杯口总比父亲低，汾酒向五粮液
鞠躬，姿态低得像跪。指节也能当膝盖用
手敏感到几分坏见识

在场也会似不存在，当黄腔民俗般响起
我张口，面临的也是众人装聋。又或许
论及我名，只以某男之女，某男之妻

伦理关系词代替我出席。
在长辈紧实却恭维的议论，我是鲜亮的话头
线头一样，扯出千疮百孔的私

我不曾被允许上桌，却总能
猜准什么会发生。不过是图案被绣亡在滚热的位置
"她天生是……"，针毡如是说
遥远的隐痛回过身，又纠正了我一下

四　隐狐

当我发现，她也用临下的语气管教我
女教师原也是老贼父。重待我，轻疑我
面目在主观的升降中模糊

被褥也施锦绣压力，闷着我心气
热度煮沸熟人社会。唯藏起狐脑

包好狡慧，悄悄精进，他人才能对我陌生

我从未停止过思考，一心两用
浮在玩乐的表象。手执和田梳，轻轻顺开
每小题的分歧，编发时厘清解法思绪

博古的眼瞳贪吃，持续消化生字意思
要嚼到万义不敢窝藏一味。学习，似决斗时
取胜的暗算，将对手永远拖延在文盲态

妆台过了黄昏，用作解糙为精致的写字台
瓶梅识趣，插上一段曲折的暗香，伴我畜书
入夜，扒文脉涮文肉。醒来，假装抚慰文脊

如此日积月累，不依读书就能把书读遍
灵捷躲过亲戚与邻里的耳目，所有家长
都没意识到我作为问题的严重性

我的我并不具象，我的我多的是可能
成千上万个自我争鸣后定夺我的出现
容我纠结半晌，再演回大家期待的我

五 玲珑

汉语，我见过她，吾身之外的外语，
正体贴周遭混沌，梦呓其雅兴，明晰其暧昧。

识字以来的每朵夜，一缕孤独的女气，
宛在书房跳艳舞。褪去成语纶，脱掉形容丝，
做回一首袅娜分明的诗。

"瞧瞧妳的里面，侧面，后面。"她呈上笔墨，
躁动着千变的戏骨，拉我到衣裳堆前。
入侵与被入侵的历史，造就满屋样式盛放。

她小眼神牵紧我小情绪，逛街般挑挑拣拣。
今儿扮欧，明儿化古，为生存扬弃原貌，
后天大后天食古不化，洋为中用，东西混搭。

"妳原也是素胚状"，她冲进我的感官，
娇蛮地寄生在上，诱惑我听说读写，
向那玲珑的摩登境界。

何色令我穿着，仿佛有伤在身？

雪青、绿沈、水红，我扫向箱中套装，
描写充沛的，即可换上亮相。

闺秀，乃我第一件不贴的皮肤，
游侠因此是想象的新衣，编好的下一套。

六　别闺

隆冬下雪成雪虎，趁着窗走过来，
趴到我大腿上。一下午，按白狸奴宝肚取暖。
百无聊赖就几改陈设，
雅致布阵：端砚。玫瑰椅。水仙百合摆手
等我坐过去纸上谈兵，用李清照出花木兰

父亲大人，我出落成偷剑的小人，
家贼滋生，许是你不听女儿话。不听
窗棂描述丝缕，笔筒坏了几根墨，
墙上改挂时兴的帅婿谁。最近
又得了哪位瓷美人，她的高矮胖瘦

父亲大人，我们多久没拥抱过？
只要凑近，我皮囊里打打杀杀的声音，

你可以听得一清二楚，

它说，冠词也是切削。我想要天地，

而非一方天地。你并不关心我的语文

中式家具会走动，披狸斑、麦纹潜行，

树是舟车劳顿死的，做梦又是险途，

去觅画在身上的远山。我的心也跟着幻游

父亲大人，我要提着剑，杀进逼仄的女人生

杀到星野无比寥廓

我不再回北方了，你可以来看我，

不是我病了才能看。我会说，一粒春闺，

春闺的其他可能性却不会消失。

我把它也偷了出来，随身揣着，

四海之内，我哪里扎营，她哪里复苏

你到底也没问我，春闺会开出什么，

逃走时，我也需逃到回忆里续命。

六岁的卧室布置了宿命的风水，吃力搬动

巨大琉璃花樽，想匿住私奔用品。

月亮门左边，黄花梨前。我似希绪弗斯

忘情地劳动在我的遗物中央

集锦贰 · 瀚海恋歌

挥鞭万里去，安得念春闺。

一 天马

我要妳铜的底色着地
我要妳认路为妳的主人

减负才能增添，解下笼头
拆掉鞍鞯。我撇过太多规己的外物

所以妳也不要穿。别少女改错
放任鞋袜把有劲儿的秀掌啃小

别按愚孝的俗序，不然前路
只剩死比目，连亡枝，怨偶相憎

别控制。迈出重污，再育美的胆识
踏雪踩月，亲细雨，裸足感受辽阔

吹面只沾花香，噪音只听啼鸟。妳的鬃毛

我也不会抓，无人可以揪住我的发尾

饿就按时吃草，狂喜就泥地打滚
困苦就吞蒺藜，这不妨碍火生物的天分

我们恨透了驯服，所以妳尽情尽兴
野，迷路，东张西望。我只收复我的愿者

无须复杂伯乐手段，只要我和妳
一同向往无拘，对视就能配心两两

丢掉短鞭，我彻底把双臂长进风里
挥挥手，释放妳骏气忠款如虹

二 私奔

任何安定都会给我上枷锁，
不如私奔，到距所有海最远的雪山。

双脚归还策马，自森林骋向草泽，
把彼此追到手，如特克斯和巩乃斯，
采完雨，浇绿濡花，在喀什河相握。

拟胡桐那般渴，摘榆叶来煎茶，

搂紧彼此，以为能挤出点儿水来。

解除牛羊，分塞齿肉，奉孜然为万圣。

我本是一双人，你是我的另一半，

即另一半的我，英俊少年版的我，

他舌头是会替我试汤的粉勺。

冷炎不分，却爱满月般自圆其说，

去葡萄架下尝紫雪，红雪。对真雪失明，

沾上的每一粒，用来玩耍如暖沙。

梭梭树，芨芨草，野火般引眸疾驰，

风景速速分去我们耳朵，嘴唇，

只留嗅觉，牵着牙，和香苹爱得干脆。

蚀工切出岩楼怪形，渐层如酥，

两只稚嫩的爱兽，约架，约吃串，

名字丢进大风，漫过红柳去烧云。

枕烟霞，枕晚星，雅丹彩肌之上，

落日号令莽莽卷向我们，你就盖向我，
用影子在戈壁滩上画简笔水墨。

一亿年前，母语的听力并未支起，
你我都没见过爱，却早早迷信上依偎。

三　龙之爱

飞将般的香虫，跟随我，
它们一队赠军乐。
达卜领奏，筚篥擦霜，
弹布尔拨闪着焰列。

我，执着奔袭你的玉门关。
狂风和鏖战跑塌了我，
孤立千年，而今软成一滩玉液，
春宵状淌入你的帐下。

沿你耳垂吻向小腹，
爱，整夜照彻我们，
你体内骁勇的战鬼降入我暖阁，
喘出的汗和血一起，

兜在一张细腻皮肤里狂奔。

爱，多么动人的眼色。
让我想带你一路向东，
看穷与富如何入室，
怜与恨如何串门。
长江水般逶迤的思念，
嬲嬲你心脏的丝路，
陪我饮过，就明了
率真的温柔从哪里长出。

可山河没告诉我，
爱会掩盖情侣视线失真。
为何你看见墙龙崔巍，
我只见征民血肉？
为何你看见异羹鲜滑，
我只见重税饿殍？
为何你看见绮罗新烁，
我只见缝工断指捱苦？
为何你看见豪族饱暖，
我只见冻容熏黑缩食不歇？

告诉我，因我

生来是吟游的诗人吗？

致使你高明地先于痛苦看到爱，

我则笨拙地相反。

还是社稷和春花秋月，

一定要掐住对方的脖子？

致使你次次看向完婚衍孕，

我只深情望向今生挚爱。

家，注定随我们流浪，

我又要做回古时的远人。

花烛一直哭，一直哭，

哭到绒毯落满红色杏瓣。

我起身，凝望睡去的你，

重返遍布周身的黄沙。

已经爱你几时了？

从伊犁到北京，

从赛里木湖到什刹海，

从第一眼开始就没有时差。

早在你进入我之前，

我就已幻想骑上你，

踏遍这唯一的祖国。

四　虎之恋（外一首）

民歌：虎之恋

他比任何人明白如何爱她
他爱她，神态似恋母，思姐，养女儿
只要是她，一贯或多面，他通通痴醉

她是萨尔图＊的孩子，月之地的天娇
当她轻松蹬开那把角弓，漂亮得
像拉起单弦的凤首箜篌。芳菲弯动
武中带舞，翩翩那苍穹

成吉思汗怎躲在她的苗条？
他渐慕上她美强的统治了
现在，任凭她掏出任何一个灵魂
他都不提防，哪怕她骗他个精光

若她要的，是猛兽般的野人夫
就给她比肩门当户对，朴素的肉体般配

若她要的，是悦服，就任汗淋湿自己
缩成呜咽求助的幼犬，瘫进仁慈心胸

在那提拉＊，蒙语中相称的日之域
他就要这样卖命，只让她能杀死他
创造寰宇之内，日以月为中心的旋序
她平生围绕自己转，他平生绕着她转

（注：＊萨尔图，今中国黑龙江省大庆市境内；
那提拉，今中国新疆维吾尔自治区新源县境内。）

悖论
——《虎之恋》内在悖论

狼和雷暴都不曾令她害怕
拉弓只是耍木蛇
她的骏马躁起来，和她人一样
骨子里响着乌金音
风用刀剜挑出的战士颅像

心也出落成面对的气候
一弯弧形的银袍

被涅槃哄住，自愿躺入凶险炉膛
随火虿子舔，淬出生猛自由

每次爱异性都不亚于战争
由着他者里应外合进入自己
像一个只会汉语的含蓄者
暴露在异域的烈风中

她抱风，和他十指紧扣
战场在彼此身隙再生
撒哈拉沙漠，塔克拉玛干
古国消失在同一阵狂沙

埃及与中国，异地的女骑手相似
新壮的身体站入旧历史
她们对抗着情人的眼神
没有这更难的敌人了
那将磐石用作磨刀石的眼神
让她把自己
一次，一次，送上门去

五　离恨天

沙漠原是不计时的，

有，也是群马跑成的风。
有，也是情歌，篝火，
眷属们拉手。

我们活在无间的沙漏，
流逝完成后，又会重聚，
爱侣分别都会破镜重圆。

重圆，被当空的月牙一下戳穿。

黄挂钟永寿，正和我们走着瞧：
秦时。汉武。今天。
它是西比尔，掌管着流沙，
尽情衰老，但绝不死去。

它否认循环，嘉许线性时序，
只有此刻，到达约会的只有我，
此刻是一定，此刻是无法更改。

心底升腾的悲凄把我吊起，

高悬此刻。腹背陷入一阵忧惧之中，

无论以前还是以后，我们会失散的忧惧。

集锦叁·武林诗丛

一 蜉蝣酒家

（注意：根据诗序，武力值逐渐递增）

> 我乃是：潇洒人间一剑仙，青冥宝剑胜龙泉。
>
> 任凭李俞江南鹤，都要低头求我怜。
>
> 沙漠飞来一条龙，神来无影去无踪。
>
> 今朝踏破峨嵋顶，明日拔去武当峰。
>
> ——玉娇龙初次诗

1 异装

托尔斯泰扮成安娜

福楼拜扮成包法利夫人

易卜生打算逃出玩偶之家

我反过来玩，对具身生活出轨

涂耳洞，加粗女声，捏男式玉娇龙

逃离父的皇宫与琐事围城去旅行

和骄阳一道，单手拎盔逛路边摊
招引花酒来劫富济贫，懒腰完
泼地金，洒天银，漂百草以雍容

化名：小龙女，龙少侠，龙公子
听来像会护肤爱洗澡仁爱天下猫
勿要龙爹龙爷，冒领她去装腔
去醉死，去梦死，和诗疏狂人间

演男人，我也要尊龙般娇模样
演男人，我也要照顾好我的例假
演男人，我也要对自己认真避孕

少年感是人间至宝，我断不会生我
我可舍不得自己当爹

2 玉武士

玉体横陈，你可与我贴身肉搏，
但勿为美色迷惑。我滴玉手，
玉腿，玉膀子，浑然有劲儿。
疯刀扫过来，玉臂也能格挡，

从韧性来讲，玉比钢铁还硬。

对仆祭我为玉神，端上鱼肉，

诗江湖座上宾轮流找我单挑。

道起飒侠出身，秋月那抹女诗娘，

舍身入水府，捡起朝曦与急湍养的我。

极阴柔的报复欲，被古今好情郎守护，

熠熠的品德散我盎然入女家。

名琪，曰瑾，无瑕的总和，

顽石布满美神经，感细腻，言细腻，

《红楼梦》是我边角料。

外表即我底细，坦荡为我营养，

浊酒似淤青，入体就澄明。口蜜腹剑的人，

愈活愈丧德的人，对我礼让三分。

厌倦了抛砖引玉，衣裳白穿，

义气的冲劲儿要挣开装束。

才华并非报菜名。立马上阵，

清理好些人砖，让光统率我帅雅登场。

所谓反派，全仰仗正派分化，

冒名虚貌，一撞便知，你我之间，

谁纯粹天选，谁又鱼目爱混。

烂味约请我，人瓤似红牡丹，
拍桌上，朝脊柱心脏分别一擂，
咚咚起姥姥庆生的战鼓。
什么独龙翠，分明石英岩。
什么汉白玉，分明大理石。
没本事的花头精，揭穿了砸碎。

活便是赌来赌去，猜猜看
迂腐的石皮里有无晓天。
我圆溜溜滴水眸又开始转动，
透过它，惭愧的你看到黎明，
未战就自觉败下阵来。

3 秋酒栈

脚步肃杀了空气，方圆内
一秒入秋，香烛人首分离地躲我。
衰败中，怎有我长得鲜？
似酒铺灯下主营萌杀的女屠娇。

脸周净显蜉蝣性，莲科哭到痉挛，
攥起绿袖求饶，梧叶惯会殉衬，
顽抗到前后都是血路。

夹道的柳棵棵选了自缢，
蹬掉石墩没死成，摆荡着纤足，
荡荡，荡荡。湖色停在那儿，
也紧摇波中黄，静候我金盆洗手。

鹿溪子使楚辞面见我，供奉我为
诗底鬼神，发似迷人乌云，
黑狐披在背上。游离却永存，
像方桌等来第四人才醒，我睡卧在
三个季节的时长，右手五根手指
藏着第六根的凋亡。

我不知玉树临风的来头，
但路过我，他们是断臂，残肢。
我把木榍做成了细点，杀他用的是生拐，
骗他花期久到猖狂。活，不过是步死的路程。
听，第一滴落雨多么像血滴。

手掐前辈的鸡皮颈，也快腐败了，
要速战速吃，甩油锅滋出小雪浪，
辨清剁骨几只鹤，拔筋几薤露。

欲望不能被知识化，我保持骨感，
却也嗜辣，不羁啖肉。痴恋生腌感，
酸箭刺中凉虾子，又一激灵。

熬到三更天，血与酒会爱得死去活来，
认亲般相溶，我阎王般的红衣下
纳有除恶却恕善的菩萨心。

端起土陶碗，我在将人灭口的时间前，
和公平的死慷慨对话，如同
宣布共患难的义结金兰。

二　冷游兵

——冷兵器决斗组歌

天字组

（剑　对　刀）

冷游兵听令

你们，名曰冷游兵
暗器的一支小分队
形似剧团的古歌手

跑动在混乱的场景
钻进腾空的冷兵器
刺探他们武打心情

同样的诗内时间
飞花旦准备起飞
履行她们的声音

刀之歌

会否取来熔浆为我沐浴？
性灵张狂，热望高温补给粗犷的破铜烂铁之身

烧吧！烧吧！溶开堵塞七窍至蹊跷

从此金光闪闪又铁骨铮铮，活成杀器才有的仄声

火海里豪情昂扬，吩咐恶人立断，琐碎立断，愁立断

蔑视卑怯，伤口不过沁心薄荷，一丝虚无感都是走神

这辈子，洒家不想成器，不想把柄递到天命手里

裹挟进不安的斗争，如街上学人，活泼在自我焦虑之上

我偏要妄动，用无知衬自己成莽女。这天下，无物不可斩

无论曙雀，无论沧溟，奔涌的千军万马能为炎凉集结

便能被我的除法，分解成消散的步骤

冷游兵领唱

青冥剑，她出场了

伴着玉娇龙的轻功

身法随性腾空而起

旋风般解散沙石

她变换三种时态

各色兵器黯然退散

并非要所有人瞩目
她只是挥出绝对距离
邀敬畏主动将她琢磨

剑之少女形态

拉开彩棱那般亮开
飞凤的鞘，让软喉的裂口
替我发表渴望的狂名

灿烂别致，不止雕饰
表情静美却也秘藏潮涌
像雅经可分译武决与佳词

不止出生才是华诞
荒冢，崖壁，五指山之下
亦有绝处用于重新发光

从内向之中摘出鲜活的傲心
从柳暗之中拽出泡泡般的花串

从岑寂的冰雪中，请出我

交出你作客的视线
稳住我挑起的高亢
我高举我，点明新芒是我的枝蔓

地字组

（剑　对战　枪、铜鞭）

枪

她和她的分身同时出现
潜鳞，惊鹤，灵敏锋翼
归于绘有十字的菱形脸

蛇竿摆尾，盘绕流星抖擞
剑也被她圈定在飞光之阵
人面上，转绽的花影叠移

百击一电闪，倏忽感顶尖
俊逸的朱缨似她沾血发丝

寒光空旷，剩她明媚以迷人

女侠延长的亮手，英姿如绪
游入浑沌乱斗。年轻的剑表情菁英
也无能把握她变心的章法

唯有历史的穷追能打中她
但她也只是将所指弹出自身
纤细着中立，低回待下世纪响彻

届时，她将重生为一把同名火铳
宛如焚毁宫阙千株
汉字，在烈焰中毫发无伤

冷游兵箴言

人侠呵，烦懑的后生
当你手无寸铁时
唯一的武器是呐喊

对冷兵器而言
同样没有神功盖世

每天都需殊死搏斗

不过，前辈是好杀的
只要靠近严肃的霜髯
就明了他的气息微弱

铜鞭

耳环是叛逆的幸存。
日子束手束脚，他就活成
金属制脊椎，
靠支出人样的坚挺部位活。
一节节骨头，焊上去似的，
他是打不赢的，不过
估计一时半会儿也打不死。
故意缄默地活，唯有此，
才能确保完整：实心的，
硬碰硬的，铁了心活着的，
径直砸开乱项查坏点的。
莲座上的钝器，知晓
吞下锋芒，才能了然于心。
对自我的监视围裹了偏颇，

思想者肉身严密，震向劳作的虎口。
没一处突出就没一处显眼，
急需凯旋，他就迅速封掉感受，
用省略整体的方式继续雷霆。
眼看命运的猛打又要来了，
他简直把自己挥舞成麒麟臂，
狠狠抡向下一回当头棒喝！

剑之青女形态

自蓼蓝的帷幕中出走
青，战胜沉寂前代才显贵
天地万物是她的纸，寸草
是写下的第一行嫩字

文治武功，剑用作操起的硬笔
星斗似她同义复现，平湖撰锦篇
峻岭书雄文。巧篆每颗天然奇石
大雨是她洋洋洒洒在写

留名都是招式。名字告诉她
今是问古的异义，成语亦有人的能动性

秩序待她重写，恭候从头着色

诗就是这样的江山霸业

昙花和贞操都含有剧毒

完美的一时骗取人的一生

神州在唐宋元明清中轮回

她和剑只相信陈陈相因

她要留下来，每新的一天

都像初识旧山河一样醒来

于水深火热中，怀璧去长存

人字组

（剑　对战　双钩、剑）

双钩词

她，他，你，我

理事妙律是融洽偶数

银装爱脑厮守，生下来为了配对

常感奇数孤零零地仙

因而手足，因而姊妹

因而情侣。善用缺口明说

"自己的话，是不成人形的半个

拥有了自己人才完足

　　磨难亦会使局部损失

　　为彼此存在才能迎接神密：

　　　　残缺的确会酿成哑谜

　　但谜面也因谜底而不孤"

连接意味着受制，但刺

也尽量拐向自身心怀。一旦拉钩为契

比较爱，更扎实的串联源于信任

钩刃一致对外就形塑铁锁易守难攻

冷游兵热讽（中译版）

雌剑们，躺在匣中

像睡美人等着王子

王子迟到，床就成了棺枢

我们，一只只袖手
唱起祝祷歌的教母
令剑为自己觉醒

带毒的小东西是爱
灰心始于某次眼神飘忽
你赌我，不会暗算

剑之苍女形态

无法伸直的阿莱夫
抱合的曲面。这条缎带般银镜上
诗上下句的对仗同时发生
壬水的花蕾望见落英
蛹见到蝶，蛟见到龙

她见到少女时，青女时，苍女时
三个她影最终回归一位
被即将结束的人生反过来虚构的她
未曾枯败的小卒，一路为君为侠
为刺客为将帅，远去的只有岁月

真实的她满头白发

可满头白发又如何?

许是樱，许是桃，香气还在和看官招手

仿佛从未挫败，戴冠般戴雪

精神维春，支援着继续爱她的人

冷游兵自恋

星状，花样，

银飘叶，金落雨，

飞萤迷踪。

武器的最诗，

吃意义的迷你身材，

给不起眼的事物以生机。

找孔洞，找破绽，

找罅隙，

任何堤防都溃不成军。

三 飞花旦

朋友本来就是假的，只不过我怀疑，

做我的敌人你能撑多久？

——玉娇龙台词

（玉娇龙　对战　俞秀莲，五局三胜）

开局：飞花旦

飞花旦，诗的无主体

飞花般的刀马旦

一瓣化身武替的三行诗人

　　被打来打去的空我

　　玉娇龙与俞秀莲的心声

　　她的文戏也不差

她说，我懂她们

她们，只是一个女人

不同时代的矛盾

回合壹：论语言

娇龙：

你需听从你的语言，像

所有长辈中意宽松的衣裳

用吹捧说服自我适合自负

秀莲：

挥剑时，你脑海的想法

说出来或许会伤害我

语言犀利就是唇枪舌剑

娇龙：

我早已不相信语言

它会网罗我。我要直上直下

直接变成一种强势的壮观

秀莲：

语言不能太早被弃之不顾

你若提前放下，它会变成埋伏

重新抉择时，跳起来刺伤你

娇龙：
我信任意志会超越语言
不代表语言无用。如果我定义强
我要强时，就是会强到底

　　秀莲：
　　你说的无意义。生而为女
　　韧不在强弱。只要还剩一口气
　　她就能弹回跌落处，还你致命一击

（俞秀莲　胜）

回合贰：论中年

娇龙：
罕见中年女人的体态
这样轻，比落花还轻
几乎仍是我梦想的未来

　　秀莲：

天分长久，源于坚持保养

每天不针对任何人，用心擦枪

配合眼睛，就能过完一遍杀招

娇龙：

可我无法忍受任何蛰伏

我要的公平是无需等待

唯爱险棋，敲开一片天地

秀莲：

险棋，意味着无地自容

未必迫使自己负责残局

大可以谨慎，活成不偏袒

娇龙：

这是传统骗术。你声称中庸

滑动范围一定会过于宽泛

不偏不倚，是以自我为中心

秀莲：

张开双臂施展平衡术

我的剧烈，我的宁静

抵消为对生命稳定的爱

（俞秀莲　胜）

回合叁：论自由

秀莲：

等待与爱让我无限强大

我是一个真正的女人

不是一个男人的女人

　娇龙：

　即使如此强大，你依然

　盼着一个男人来爱你

　滥用强大，侮辱强大

秀莲：

四海为家也会吵架

成家立业总想浪游

庙堂与江湖本不分家

　娇龙：

追不上我的男人

我不会等。两个男人追我

可以用大爱平等关心

秀莲：

情人、规矩、家庭

当你彻底否定了它们

也抹去了自我的总和

娇龙：

不是只靠虚构才批判

相反，正因尊重真相

我不忍他们日渐腐化

秀莲：

无忧无虑，无拘无束

年轻的美梦与理想

或许，不该未实现就否认

娇龙：

我不会任由羁绊吞噬我

既然字典有"挣扎"一词

往前活总要写写试试

（玉娇龙　胜）

回合肆：论制敌

娇龙：

我知道你现在正想

无法被你变成同路

会是可怕的心腹大患

　　秀莲：

　　敌友之间，理应

　　有一段距离。相比爱人

　　对手更理解你的才华

娇龙：

刀在脖子上，可以随时杀我

但你舍不得。你眼里有歆羡

我是你对抗成功的可能

　　秀莲：

爱才，更要言传身教

仔细感受，而非全面否定

留一个人，比杀一个人艰难

娇龙：

你杀不死我，自从拿到剑

我就在不停地追杀旧的自己

高手擅长脱胎，没人杀得过来

（玉娇龙　胜）

回合伍：论磊落

娇龙：

解决难事的万能法是自信

把所有精力汇聚在一点

刃尖正对核心，我迎刃而解

秀莲：

生活不是宽敞的大路

是弄人的竹林。一瞬间，势如破竹

一瞬间，草木皆兵

娇龙：

即使打落兵器，我还会暗害

所谓的克己，方才被我化解

流淌满地春汁，像你年轻时

　　秀莲：

　　时间重来，我们对调活法

　　你要手系兴亡，练就内敛

　　我要挺起在遮羞布，峭拔像义士

娇龙：

不必惊心，相互欣赏的女人

也会打架。就算同一个女人

中年不甘时，也想把青年的她掐死

（玉娇龙　胜）

集锦肆·竹林萍踪

世人皆欲杀，吾意独怜才。

一 百日弑师

（玉娇龙　对战　李慕白）

收：调戏

即将打败你那天，我的脚尖
点在青龙易惊的奇骨上，
丛叶明锐，以鞍解近破碎的手
点触分秒的暖柔。

青年的我若傲得嗜杀呢？
实在眷恋无敌给予的逍遥感。
刺你，纵使纠葛温婉，
自由也能和盘托出它翡翠的内涵。

浮光穿林，你如今看穿

我本性卧虎了，竹影零落前额
暴露我的斑纹。来吧，刺我即是赐教，
由内瓦解春心能及的晦涩。

放：弑师秘籍

> 武当山是酒馆娼寮，我不稀罕！——玉娇龙台词

彼时，我把你当成一尊目标
比拟成智识的神明去敬仰

输赢比我们都残忍，不在乎
入席者是男是女，是老是少

座上受尽爱戴者，谁人内容真骏健？
我们理应先比试，再口试以论教

你们要的不是学生。是拥趸，
是爪牙，是替身，是情妇

老师，怜才是你为自保的引诱
你爱我，却霸占对我的评判权

我磊落到不求庇护。对错都承认
遇提点不悔生，遇寻仇我不悔死

老师，当发现，我比你接近那真理
你成了我与真理私定终身的障碍

隐入绿漪，叶比我陡，还是躺进去了
刀锋精准向你，预备了结这段三角恋

像轻筏依水而去。我的结局，我不知晓
但修竹的精髓我摸到就是它的死期

月篙，我抓住最初的抒情发力点
静物因而为我所用，洒脱于其存在

老师，我不会拜你为师。爱你，就该
杀死为父为师的政治，享有你完整躯体

二 思凡

（一）

雨下得我满身弱点。
第一点，重获哀愁；
第二点，重获怯懦；
第三点，重获短暂。

点点是泪。点点是我狼狈。
雨把我下得变回人了。
从问道中路截住，
从成神的旅途打回原形。

道，逻格斯，诓骗我之师，我之父，
绝学骗我吃下断情绝爱的丹药。
关闭敏感，关闭多疑，关闭恐惧，
关闭随时自闭的权利。

真实的我爱哭又容易受伤，
奢望爱，和他人比，有过之无不及。

持勇中有过片刻的虚无与怀疑，

又或许，我因此才时时刻刻保持勇武。

死到临头，我必须

去吻你才行，虚无的同时勇敢。

吻过就是实现。真意，无需任何人引领，

只在充满触感的情爱。

（二）

湿透之后的我，

无法因坚定再次郁勃。

只好放松，如漂浮乡水，

我快忘了，自己曾是儿童，

想胜，想赢，想得到。

神仙缘何思凡？

少时我问自己，现在我回答——

因生老病死，仅此一次，

龙门的机会也是。

我成功跳过多扇，

龙形似遗留额上的焦痕。

外人只见火光荣耀了我，

我跳完后，感觉却一如从前。

我不该爱真的龙门，

该爱做无名无姓的鲤，

　　　　　该爱红尘判我的死缓，

红极一时，而后明察红是流态，

只靠对龙门的期冀活。

真的龙，看来都像凡鱼。

珍惜俗福大吃大喝会吐泡沫的那种。

她不把龙门当回事儿，

她见过，所以深谙，

一切龙门皆是空门。

附：诗中场景应是李安电影《卧虎藏龙》中将死的李慕白和俞秀莲亲吻
的一幕。第一首叙述者是李慕白／俞秀莲，第二首叙述者是玉娇龙。

三 悠崖

（开放式大结局诗）

妙死
——《卧虎藏龙》观影手记

轮到玉娇龙演我
华人编导和观众眼睛玩假戏真做
她盘算着死，摘威亚在崖边就位

群峰参演她境况，疯长的年龄
增强她到突兀，却又拖拽物理肉身尘归尘，
那感觉让她快绷断了

她知道，挟持她在此时此地的是谁
——自我。

在不足百斤的骨中，磨她，噬她。
被世俗折叠的翅膀，欲见天地的不甘，
每天用冲破胸腔越狱的方式役使她，
血管里漾的风，重复着，到众人中试试

可她已经无人能敌了。假想千峰为众人，

五岳，雁荡，峨眉，九华……

她总要挑战一座试试，以自戕清除自傲，

到虚空中取得无尽自由

她真带我跳下去了，像身不由己地诞生，

制敌果敢，离奇轻盈，

向下的动作接天的速度更快，是坠落超越了飞

视死如诗

—— 《玉娇龙》诗演手记

若我不想成为手下败将为人所杀

留给我的，只有一种死——自杀！

死在该死的烂漫年纪，死在意气风发的二十五岁

死在诗人该死给大家看的年纪

身体叫人讨厌，它发出

唯我能听的耳语。衰老，无情地啰唆着

可时间袭来，我定会改变吗？

我，前个我，后个我怎么区分？脚往前迈，送小脸出去

未来替我放弃现在。退回来，又罪恶地蔑视死

我不会死，我深信我不会死。即使
身灭，我也不会。我要的，是西楚霸王的一生。
是宁为玉碎的一生。是哪怕破裂，哪怕折断，
哪怕厄运挑中我，坚决不妥协的一生

我要我始终是我，我越挫越勇，
牢牢握住我的生死。
即刻带自己去投崖，我也并不畏惧。
跳下去，我依然会主宰我的生。

当我从山顶纵身一跃，
山脚下，会有另一个未成年的玉娇龙，
对一把剑开启她狂飙的天才梦

（2023.10，上海）

后记

玲珑摩登

汉语，我命中的第一门外语。

这身外的语言，用看似温柔的暴力，灌进我的七窍，包裹了我，席卷了我，进而雕刻了我，形塑了我。从此，我和她缠绵缱绻，每首以汉语面貌呈现的诗，古典的、现代的、翻译的，她柔韧的金丝，牵住我，又缚住我，成为脐带，成为茧，轻触我，令我开窍，脱口而出第一个汉字。家人从《史记》里挑了一个成语为我做真名，是我和汉语的相互霸占。

从十八岁生日写下第一首诗开始，我从每个词、每个字钻入千面汉语凌空的玲珑阙，欣赏她的明丽、冷峻、清新、典雅、幽婉、空灵……感受仙气、妖气、鬼气对我的熏染，点醒原本封闭、孤立的自身，冒出了人味！是否是我的玲珑心善七情六欲，才能放任她对我滋养、浸润，如此透彻？以至于我恨起她来的时候，心疼得欲削骨剔肉。仿佛她撄我心，我又以她撄人心，顺序难分先后。

汉语与我一同生长、一同呼吸，在统治面前，在阉割面前，在战争面前，在阅读与焚毁面前，我们不愿以同质化的面貌活着，以单一的表情活着，我们丰盛、繁复、饱满、精致，充满个性，不愿以促狭、妥协、化简、折叠的方式存在。镜子里，我和汉语从此共用一张面孔，在使用现代汉语时，闪过钓鳌客、玉谿生、李长吉才有的神情。她，沿断裂的历史走到今时今日，依然保持着澎湃的心跳，渴望驻扎在当下的现代生活，前卫地创造属于未来的语汇，发展她的双重摩登。

诗人，叠合玲珑心与玲珑汉语，适应摩登与追求摩登的复综体，美觉大敞，采其他文体之优长，吸收着电影、绘画、音乐、舞蹈……从美之中转引美，创造新发现的美域，超越既有之美，开发冰冷麻木的世界，敲下结晶为诗。

这玲珑与玲珑的交叉，却存在龃龉。当玲珑心的瞬间生产出一首诗为中心，诗人写下的诗、写过的诗、读过的诗、想象的诗，那荡开的玲珑汉语，以及身为人的共情力，从玲珑心的其他孔洞冒出来，反问中心的合法性。玲珑汉语咬住玲珑心写下的诗，因此以强力意志为轴，却长出无数弹性的枝节，这些枝节仿若一次让渡，一种俏皮，一些矛盾与疑问，柔情万种地盘绕直率、霸气、野性、蓬勃的真我，形如虞姬与霸王的一体。当代诗人，酷似一位东施，姣美汉语的追随者，同时也是反叛者、改造者，是影子，也是阴影，坠入必死的命运，妄图改写历史。强势的诗人声音，时刻面临着破碎、崩解、失效，却可以一唱三叹地再建立，承受燃烧，包容脆弱。

同样，双重摩登，背负历史的当下与向往的未来，一样在发生摩擦，接受美与诗感召的诗人，自愿陷落在困厄、芜杂、肮脏的生活，被灵感榨取精力，萃取出诗，不竭地迸发美。玉娇龙爱上那锐利、闪耀如同才华的宝剑，她因剑不可战胜，可剑沉静地长存，她却必须为此投入全部青春，无惧地闯荡。苦女神，因此也可以是高悬的诗，带来的幸福如同王位。王位的幸福，不在于奴役他人，而在于能够体验所有生活，仍能在每种生活中的不幸地带，捧出桂冠，如诗的生趣，让大喜大悲都成为嘉年华般的游乐。

追寻中的共振与互斥，我突兀而完整的主体和我的观察、悲悯、反抗、批判走在一起。无数的他者向我涌来，而真正容纳他们的，可能是萨福、荷马、但丁、歌德、弥尔顿……我们饕餮，我们针尖。自我，因棱角而不平坦，痛苦，同样充满凹凸，我是威压与抗压，我是自我与扩散，我是行动与行动的三思，我是哈姆雷特，明知艺术就是偏执，却常常因生存的惯性中途转身。诗，我的纠结、矛盾、分裂、夸张，乃我的虚虚实实，每首分去一个"诗我"。诗，我的演绎，我的换装，我的千变，如《阮玲玉》中的张曼玉，《千年女优》中的藤原千代子，穿越性格中的刺客，游侠，义士，帝王，少女与女人。捆绑在唯一选择上的二十一世纪的青年浮士德，总在畅想曾经未选择那条路。唯有诗，具有虚构种种体验的全能。

乐园 37 号，进入这千重万重神奇的任意门。它是我出生的地方，也是我开始写作的地方，小学时，我经常招呼朋友的一句是——欢迎来乐园 37 号找我玩！十四岁，我在那里创作、出版了自己的第一本散文小说集。十五岁之后，乐园 37 号成为再也无法返回的房子，无法重来的时光，它具体又抽象地存在每一个我长住的空间。出生在东北大地，成年开始，我就知晓自己候鸟的命运，它迁徙，它漂泊，从祖辈生活的呼兰河，到居住成长的大庆，再到成年后求学的长春、上海。一只萧红说，"女性的天空是低的，羽翼是稀薄的。不错，我要飞。但同时觉得……我会掉下来"。这鸟永不停歇，神话中的伊卡洛斯应该是一个东北女孩，也是成千上万的女孩，打破沉默的女性诗人。我要替谢烨重写那首《闪逝》，我要写——

我必须从空气中得到姓名！

故乡的雪国，离我越来越遥远，退入梦中，演变为冷静、清醒的态度。作为对照，我生活的形态乃是断代史，记忆消逝，而辗转的空间充满差异，诗成了抓住记忆的方式，通过不断"近乡"的书写，我一遍遍回到乐园 37 号，回忆着闺中奇事，又一次次告别，甚至把它带在身上，在每一个纸盒中打开它，如同蒙昧的李清照读到伍尔芙《一间自己的房间》，产生对空间变换的觉知，不断醉回最初写诗的隐作室。乐园 37 号，因此也是汉语的忒修斯之船，我搭建自我与周身，同样也拆解，以此来完成诗，完成我的她画像并署名。

诗我，或许只是自我蜕变中的一个幻觉。张爱玲定义了自我的天才，惠特曼延展了关于自我的诸种话题，艾略特创造出普鲁弗洛克这一例外自我，佩索阿用异名进行自我伸缩。个体因此是全体，太仓一粟，便是沧海之粟，诗里道尽了我，却未必存在我的真实，而是扑面而来的"她我"与"他我"，影影绰绰的嬲与嫐。读者因此受邀成为其中之一，参观玲珑与摩登交响的乐园 37 号，走入通往汉语的一种诗径。

（2024.1，于上海的一间乐园 37 号）

图书在版编目（CIP）数据

乐园 37 号：陈陈相因诗集 / 陈陈相因著 . — 上海：
上海三联书店，2024.8

ISBN 978-7-5426-8502-5

Ⅰ . ①乐⋯ Ⅱ . ①陈⋯ Ⅲ . ①诗集 – 中国 – 当代
Ⅳ . ① I227

中国国家版本馆 CIP 数据核字（2024）第 087435 号

乐园 37 号：陈陈相因诗集

著　　者 / 陈陈相因

策划机构 / 雅众文化
责任编辑 / 张静乔　钱凌笛
特约编辑 / 拓　野　张雅婷
责任校对 / 王凌霄
监　　制 / 姚　军
装帧设计 / 尚燕平

出版发行 / 上海三联书店
　　　　　　（200041）中国上海市静安区威海路 755 号 30 楼
联系电话 / 编辑部：021-22895517
　　　　　　发行部：021-22895559
印　　刷 / 山东临沂新华印刷物流集团有限责任公司
版　　次 / 2024 年 8 月第 1 版
印　　次 / 2024 年 8 月第 1 次印刷
开　　本 / 1092mm×787mm　1/32
字　　数 / 132 千字
印　　张 / 7.5
书　　号 / ISBN 978-7-5426-8502-5 / I・1877
定　　价 / 58.00 元

敬启读者，如发现本书有印装质量问题，请与印刷厂联系 0539-2925659